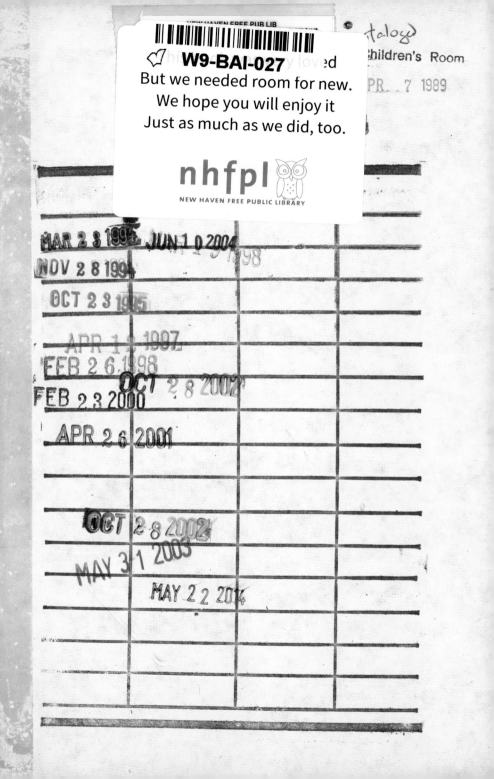

El maravilloso viaje
de Nico Huehuetl
a través de México

ANNA MURIA

El maravilloso viaje de Nico Huehuetl a través de México

Ilustraciones: Felipe Dávalos

EDI
TORIAL
AMAQUE
MECAN

COORDINACION EDITORIAL
Lic. Liliana Santirso M.

EL MARAVILLOSO VIAJE DE NICO HUEHUETL
A TRAVES DE MEXICO

© 1986 de la Primera Edición
ISBN:968-7205-19-9
EDITORIAL AMAQUEMECAN, S.A. DE C.V.
Rosario 12 Tel. (91-597) 80346
AMECAMECA, MEX. C.P. 56900

Editorial Amaquemecan es una Empresa Paramunicipal (FOMEC TEXCOCO)

Dedico este libro, en primer lugar, a los niños mexicanos, como expresión de afecto a México, aunque debo confesar que no he escrito exclusivamente para ellos las aventuras de Nico Huehuetl, sino también para los niños españoles y los de todas las tierras de habla hispana; más aún, en verdad ofrezco este relato a los niños y niñas de dondequiera —tanto es así, que escribo y publico también su versión en lengua catalana—, persuadida de que a todos han de interesar las descripciones de un país que muchos no conocen y que tantos atractivos peculiares tiene, aunque lo que deseo más que nada, al relatar este MARAVILLOSO VIAJE, es hacerles sentir la riqueza y el poder que la fantasía, la imaginación, tienen para todo ser humano grande o pequeño. Y que el caballo Orovolante, símbolo de ese poder de la imaginación, lo mismo puede surgir en un lugar que en otro, pues los niños de todo el mundo y de todas las razas tienen iguales sentimientos, se parecen en el fantasear de su pensamiento, y, en lo que piden a la vida, se asemejan como las gotas de agua.

Anna Murià

INDICE

NICO Y NILS

El ciclón había conseguido llegar a ía meseta y, a pesar de que perdió buena parte de su fuerza al atravesar la sierra, todavía le quedaba la suficiente para acumular nubes de tormenta sobre el valle y derramar violentos aguaceros que convertían en torrentes las calles de Chalco. Por esto, la mayoría de los niños no fueron a la escuela aquel día, pero Nico Huehuetl no faltó, aun cuando el rancho donde vivía estaba en las afueras, y la escuela en el extremo opuesto de la población. A Nico Huehuetl no lo acobardaba el mal tiempo, y tanto le gustaba la escuela y tanto quería a la maestra, la señorita Xóchitl, que raras veces dejaba de asistir a clase.

—Puesto que han sido valientes para venir a la escuela con este tiempo... —dijo la señorita Xóchitl.

—Sí, señorita. A mí no me asusta ningún ciclón —interrumpió Nico Huehuetl, jactancioso.

—Está bien, Nico. ¡Silencio! Pues bien, ya que son buenos y aplicados, les contaré un cuento.

Los niños lanzaron suspiros de satisfacción.

—Érase una vez un niño que se llamaba Nils...

—¿Ni...? ¿No será Nico? —volvió a interrumpir Nico Huehuetl.

—Nils. Y cállate, Nico, o me callo yo. Nils es un nombre que ustedes no conocen, porque es sueco. Nils Holgerson vivía allá, en Suecia, pero de su patria sólo conocía el rancho donde había nacido. Como castigo por una travesura, se volvió pequeñito. Así, pudo montar en un pato y viajar y conocer todo el país.

De esta manera, la maestra Xóchitl contó a los niños el maravilloso viaje de Nils Holgerson a través de Suecia.

Cuando terminó la clase, Nico se acercó a la maestra.

—Señorita, yo quisiera ver todo mi país igual que el chamaco de allá vio el suyo. Nunca he salido de Chalco. Mi tío va seguido a la ciudad de México, pero no quiere llevarme. ¿Cómo es la capital, señorita?

—Pues, muy bonita. Bueno, vamos, ándale, que ya es tarde.

Al salir de la escuela, la señorita Xóchitl y Nico solían ir juntos hasta la casa de la maestra, a mitad del camino que debía recorrer el muchachito, quien, durante todo el trayecto, no dejaba de charlar, de hacer preguntas. Aquel día, su tema era el viaje maravilloso; Nico soñaba con volar, y, cuando saltaba los charcos de las calles, le parecía que volaba ya bajo la llovizna.

—Sí, yo quisiera viajar, pero ¿cómo? Si encontrase un pato como aquél...

—Quién sabe si tú podrías montar en un quetzal —dijo la maestra, sonriendo de un modo que a Nico le pareció misterioso.

—Un quetzal... No sé cómo es, nunca he visto ninguno. ¿Es grande?

—No mucho. Debe ser como una paloma. Pero tiene un plumaje de colores preciosos, verde, rojo, dorado... y una larga cola, y alas anchas...

—¡Oh! ¡Qué bonito sería volar con él!... ¿Tendría que volverme pequeñito?

—No sé... Tal vez el quetzal tenga mucha fuerza y pueda sostener tu peso.

—¡Ojalá! Porque esto de volverme pequeñito no me gusta... ¡Ah, si fuese posible! ¡Si pudiese irme de viaje por todo México!

—Mira, Nico, si lo deseas mucho, mucho, si lo deseas con todas tus fuerzas, tal vez lo consigas un día.

—¿De veras? —exclamó Nico, exaltado—. ¡Pues lo haré! Lo desearé con todas mis fuerzas, con toda mi voluntad. ¡En cuanto pase el ciclón! Porque con un tiempo así no es bueno viajar, ¿verdad?

—No, nada bueno.

—Dígame usted: ¿dónde se encuentran los quetzales?

14

—Por aquí no hay, Nico. Están en las selvas del sur, muy lejos.

—Qué lástima —dijo, decepcionado—. ¿Y nunca vienen por aquí?

—No, pero... No sé, Nico, a veces suceden maravillas.

EL QUETZAL PRODIGIOSO

Nico iba tan excitado que no veía por donde caminaba, no evitaba los charcos ni el agua que se escurría de los tejados y caía sobre su cabeza, ni el lodo del camino, de aquel camino que llevaba desde el final de la calle hasta el rancho. Llegó a su casa con los pantalones salpicados de lodo y el pelo pegado a la frente goteándole sobre su nariz ancha. Hablaba solo.

—Si lo deseo con fuerza, con mucha fuerza... A veces suceden maravillas. ¡Claro, sí que suceden! ¡Sí! ¡No se puede negar! ¡Y yo tengo muchísima fuerza para desear!

—¿Qué estás diciendo? —le preguntó su hermanito Tico, que jugaba delante de la puerta.

—¿Eh? —dijo Nico, como si despertara.

—Que qué dices...

—¡Ah! Oye, Tico, ¿sabes qué es un quetzal?

—No. ¿Qué es?

—Un pájaro que tiene unas alas grandes y fuertes, de colores muy brillantes... Y si uno quiere, pero lo tiene que querer de veras, puede montar en un quetzal y volar.

—¿Sí? ¿Y no se cae?

Nico ya no escuchaba. Atravesó el patio y llegó a la cocina donde su abuela, agachada junto al fuego, hacía las tortillas: tomaba un puñadito de masa de maíz, o nixtamal, lo aplanaba bien palmoteando un rato, y colocaba aquella torta, delgada y flexible, sobre el comal para que se cociera. La abuela estaba hecha a la antigüita, no le gustaba aplanar las tortillas con una prensa, como hacen las mujeres de hoy para ahorrarse trabajo; ella las quería salidas de las manos, con aquel ritmo, aquel palmoteo —clac, clac, clac— que durante siglos había sonado en todos los hogares; tampoco quería el comal de hierro, sino el de barro, como antaño.

Mientras esperaba la comida, Nico, sentado en un banquito, mirando el pedazo de cielo nublado que se veía a través de la puerta, no hacía más que pensar en el viaje.

Dejó de llover. El viento fue menguando y, al día siguiente, salió el sol. Nico se levantó de su yacija completamente excitado.

—¡Ya hace buen tiempo! ¡Ya puedo irme de viaje!

Como la noche anterior le había costado dormirse, porque estaba muy agitado, cuando se despertó todavía tenía sueño; pero se vistió deprisa y salió corriendo por el patio hacia la cocina; en la carrera tropezó con su tío que, con el cubo en la mano, iba a ordeñar las vacas y a punto estuvo de aplastar un polluelo de guajolote. Cuando llegó a la cocina, se tragó en seguida el tazón de atole, tomó un taco de frijoles que le ofreció su abuela, y se marchó al campo.

Lejos, entre las nieblas, el Popocatépetl asomaba la cabeza blanca.

—Hacia allá iré primero, derecho a los volcanes. Pero...

De pronto, Nico se entristeció. ¿Dónde estaba el pájaro que había de llevarlo?

Un quetzal... ¿Dónde encontraría un quetzal? Porque servirse de un pato, como aquel otro muchacho... (Nic... No. ¿Cómo se llamaba? Nel... Nil... ¡Nils!) ni pensarlo. En el rancho tenían patos: míralos, chapoteando en un charco que había dejado la lluvia. Pero éstos no vuelan, éstos no pueden cargar a Nico, éstos no son mágicos.

En las selvas... ¿No será una selva aquel espesor de árboles, allá lejos, donde alguna vez ha ido a esconderse para acechar a las tuzas que se aventuran fuera de sus madrigueras? ¡Claro que lo es! Una selva es esto, un gran espesor de árboles y matas. Y está hacia el sur, como dice la maestra: lejos, en las selvas del sur. Allá, pues, ha de encontrarse el prodigioso quetzal.

Y hacia allá se dirigió corriendo Nico Huehuetl, hacia aquello que él creía una selva, y que no era más que un grupo de ocotes de ramaje escaso y pirús de flecos sedosos cargados de bolitas rojas. Cuando llegó a él, avanzó de puntillas, apartando con cuidado las ramas de las matas, mirando a derecha e izquierda y jadeando de emoción... y de cansancio, porque se había dado una buena carrera y tenía calor, pues el sol ya quemaba.

Podría descansar un momento sobre aquella tierra tan blanda, así, acostado. ¡Ah, qué bien! Un instante nada más. Ah, cuán dulcemente se cerraban sus ojos...

...En el lugar más espeso, rodeado de matas espinosas y de flexibles tallos floridos de azul y de blanco, se alzaba un viejo árbol de tronco grueso. Miró hacia arriba y... ¡allí... allí!... sobre la rama del árbol más baja... ¡allí estaba!

¡El quetzal! Sus plumas brillaban como el oro y el fuego. ¡Y le miraba! Miraba a Nico inclinando la cabeza coronada, y entreabría el pico: parecía sonreír.

El niño, fascinado, tendió los brazos hacia el pájaro. Con voz conmovida, suplicó:

—¡Oh quetzal, quetzal maravilloso, llévame, llévame!

Y, entonces, el pájaro abrió sus alas deslumbrantes, se desprendió del árbol y, de un salto lento y suave, fue a posarse al lado de Nico. Era más grande de lo que había dicho la maestra, mucho más grande.

El muchacho, tembloroso, se inclinó hacia el pájaro:

—¿Me llevas, quetzal? ¿Sí, me llevas?

El pájaro le miró y movió la cabeza dos o tres veces, como diciendo que sí.

Nico levantó una pierna por encima del quetzal y montó sobre él. Cabía bien sobre la espalda sedosa del ave. Se quedó cómodamente sentado entre las dos alas ya abiertas, con las piernas colgando a los lados, y las manos agarradas a las largas y finas plumas del cuello.

Las alas se agitaron y Nico y el pájaro se elevaron, pasando entre las ramas de los árboles y subiendo hacia el cielo. Ante los ojos de Nico resplandecían las cumbres nevadas del Popocatépetl y del Iztaccíhuatl.

—¡Hacia allá, quetzal! ¡A los volcanes!

COMIENZA EL VIAJE

Alguien lo llamaba, allá abajo.

—¡Nico! ¡Niiicooo...!

Pero él no hacía ningún caso de aquella voz tan lejana. ¿Qué le importaba lo de abajo? Nico Huehuetl era del espacio, del aire, del viento que agitaba las alas de su sombrero de petate. ¡Ay, que lo perdería! Sentía que el sombrero le resbalaba hacia atrás, pero no se atrevía a soltarse para encasquetárselo. Si lo sostuviese con una mano nada más... Pero no, ¡ay! ¡que me inclino y me caigo!... Mi sombrero... Mi sombrero nuevo huirá volando.

—¡Nicooo...!

¿Qué voz le seguía por aquellas alturas? Era la voz de Tico.

Despertó. Se levantó, salió de entre los árboles y, frotándose los ojos soñolientos, empezó a caminar hacia la casa. Se tocó la cabeza buscando el sombrero y no lo encontró: ¿se lo habría arrebatado el viento mientras volaba? ¿O es que no lo llevaba puesto?

Vio venir a su hermanito.

—¡Nico! ¡Te hablan! ¡De parte de la maestra!

Venía también Lupita, la niña más linda de la escuela, con sus trenzas bien entrelazadas con cintas rojas, su cara redonda y sus ojos vivos.

—Nico, dice la señorita Xóchitl que hoy sí vamos de excursión a Amecameca, porque ya hace buen tiempo —le dijo Lupita.

—¿Amecameca? —repitió Nico, todavía medio soñoliento—. Pues, para allá íbamos...

—¿Qué dices? ¿Estás soñando?

—Sí, sí, ya sé, la excursión. ¿Cuándo vamos?

—Ahorita. Nos esperan en la escuela. Allá nos vemos.

Lupita echó a correr y Nico entró en la casa, gritando:

—¡Me voy! ¡Me voy! Abuelita, dame comida para llevar. ¡Vamos a Amecameca, por fin! —Y murmuró entre dientes—: Hoy es el día, de veras, hoy empiezo el viaje.

No habían transcurrido aún tres cuartos de hora que Nico Huehuetl viajaba ya.

Doce niños y niñas se habían instalado dentro de un jeep, junto con la maestra Xóchitl y el chófer. La carretera subía y daba vueltas.

—¿Y usted por qué tiene un nombre tan bonito, señorita? —preguntó Nico de pronto.

—¿Te gusta? Lo quiso mi abuelo, que era muy amante de nuestra antigua lengua. ¿Sabes qué quiere decir? —Nico dijo que no con la cabeza—. Xóchitl significa flor.

—¡Oh!

El jeep se detuvo en una gran plaza soleada.

—Ya estamos en Amecameca.

La maestra, con el brazo levantado, señalaba hacia arriba, por encima de la población, a la masa oscura de la montaña y la alargada silueta de las tres cumbres nevadas.

—La Mujer Dormida.

—¿De veras es una mujer dormida? —preguntó una niña.

—No seas mensa —le replicó Nico—. ¿Dónde hay una mujer tan grande? Se llama así porque tiene la forma de una mujer acostada. ¿No le ves la cabeza, allá? Y los cabellos que le cuelgan hasta abajo de la montaña...

—¡Sí, sí! —gritó un chamaquito—. ¡Y los pies!

—Iztaccíhuatl —explicó la maestra— quiere decir Mujer Blanca. Miren hacia la derecha, ahora: el Popocatépetl. Lo envuelven las nubes, pero su cumbre asoma por encima, es más alta que las nubes. Decían los antiguos que éste es el guerrero que vela el sueño de la Mujer Blanca.

La maestra les ordenó entonces que volvieran a subir al jeep.

—Vamos al Paso de Cortés —dijo.

Un gran alborozo acogió esas palabras.

—¿Dónde está el Paso de Cortés? —preguntó un niño.

—Allá arriba, en la vertiente del Popo, casi donde empieza la nieve. Allí, a la izquierda, entre los dos volcanes.

Ya habían salido de la población, y corrían por un camino polvoriento y lleno de baches, entre maizales.

—¿Es cierto que por aquí pasó... ese... Hernán Cortés? —preguntó Nico.

—Sí, por aquí. Por el mismo camino que seguimos nosotros, entre el Iztaccíhuatl y el Popocatépetl, entraron los españoles en el Anáhuac.

—¿Anáhuac?

—Sí, la meseta, el valle de Anáhuac, es toda esta tierra alta rodeada de montañas. Más arriba de donde estamos ahora, en el lugar llamado Tajo del Águila, los emisarios de Moctezuma fueron al encuentro de los españoles. A ver, Nico, tú que recuerdas las lecciones de historia ¿quién era Moctezuma?

—Era el rey de los aztecas.

—¿Dónde tenía su palacio?

—En la capital... en la ciudad... de México.

—Sí, pero ¿qué nombre tenía entonces la ciudad?

Nico quedó haciendo «aaa...».

—¿Ninguno de ustedes lo recuerda?... ¡Tenochtitlán!

—¡Ah, sí! —se apresuró a decir Nico, a quien siempre le dolía quedar mal—. Estaba en medio de un lago.

—Exacto.

El camino empezó a subir. En vez de milpas atravesaban bosques.

Llegaron al Paso, donde el camino se dividía: un ramal hacia el Iztaccíhuatl, otro hacia el Popocatépetl. Y, enfrente, la llanura del otro lado, al pie de la ladera.

—Por aquí subió Cortés con sus hombres —dijo la maestra.

El chófer viró a la derecha.

—¿Vamos más arriba?

—Sí, hasta Tlamacas, al refugio, donde termina la carretera.

El jeep se detuvo delante del chalet refugio. Todos saltaron a tierra y quedaron conmovidos. Se hallaban en la ladera del poderoso Popocatépetl. Arriba, sobre sus cabezas, la escarpada vertiente blanca.

—¿No podemos subir más?

—A pie, sí, un poco más; hasta tocar la nieve —dijo la maestra.

—¡Quiero ver el agujero! ¡Quiero ver por donde sale el fuego! —gritó Nico.

—A la cumbre sólo pueden llegar los alpinistas bien equipados. Con todo y eso, es peligroso, algunos han muerto en la montaña. Pero ahora no sale fuego; sólo un poquito de humo, a veces.

En grupo bullicioso, con la maestra en medio y seguidos por el chófer, emprendieron la subida. En cuanto llegaron al límite de la nieve, que los niños no habían visto nunca de cerca y menos aún tocado, se abalanzaron a agarrar puñados de aquella muelle blancura.

Jugaron un rato, hasta que la maestra los llamó.

—¡Niños! ¡Abajo, ahora! Vamos a comer en el refugio.

Como hacía un buen sol, comieron sentados sobre la hierba. Nico estaba al lado de la maestra. Terminada la comida, mientras todos los niños corrían y jugaban, él no se movía, y se quedaba callado y pensativo.

—Señorita Xóchitl —dijo finalmente—, esta mañana, no sé si fue un sueño, viajé montado en un quetzal. Y venía hacia aquí, precisamente, pero no pude llegar a la cumbre de los volcanes, porque me llamaron. ¡Y ahora tampoco puedo llegar a ellas! —suspiró, mirando hacia arriba con tristeza.

UN VUELO SOBRE LOS VOLCANES

Xóchitl lo rodeó con su brazo, se lo acercó hasta ponerle la cabeza sobre su pecho. El niño levantó los ojos y vio la sonrisa suave de aquellos labios gruesos, la frente morena inclinada bajo la diadema de trenzas negras; Nico cerró sus ojos para escuchar la voz.

—Sí, llegarás a ellas, Nico, el quetzal ya viene por nosotros... ¡Qué alas tan grandes! Los dos, tú y yo, nos sentamos sobre sus alas. Ya levanta el vuelo...

Xóchitl mecía al niño entre sus brazos.

—¿Ves cómo se mece, con qué suavidad...? Mira la nieve, la pendiente blanca. Ahora atravesamos una nube. ¡Oh, el pico se acerca! Y el pájaro se eleva más. Ya estamos más altos que el Popocatépetl. Debajo de nosotros está el cráter, ¿lo ves? Es una sima de bordes blancos, pero, dentro, los acantilados son de brillantes colores. ¿Qué es aquello que reluce levemente? Agua, una pequeña laguna. Del fondo tenebroso sale una humareda tenue. ¡Y mira alrededor, cuanta tierra! Allá, al noroeste, se ve el Nevado de Toluca, o sea, el Chinantécatl. Es otra boca de esta sierra volcánica del Anáhuac.

Nico sonreía, y la voz continuaba el vuelo.

—Parece que el quetzal nos lleva hacia allá. Si se acercase lo suficiente para ver el cráter... Dentro de él se han formado dos lagunas. Pero el pájaro da la vuelta.

Xóchitl mecía, mecía.

—Ahora volamos derecho al Iztaccíhuatl. Aquí no se ve ningún cráter; hará tanto y tanto tiempo que se apagó, que ya está tapado. Lentamente describimos un círculo y las grandes alas que nos llevan se ciernen y van descendiendo...

La voz y el balanceo se detuvieron. Nico se quedó quieto, hasta que los gritos de sus compañeritos le hicieron abrir los ojos.

—Ya volvimos, señorita Xóchitl.

—Ya, Nico.

OROVOLANTE

Nico Huehuetl contemplaba el caballo desde hacía rato. Era un hermoso caballo de brillante pelo dorado, no muy alto, pero robusto, musculoso, y ágil de movimientos, y tenía unos ojos... ¿Qué tenían aquellos ojos? La luz temblaba en ellos, y diríase que lo entendían todo; miraban a Nico, y éste sintió deseos de hablar, y dijo:

—¿Tú sabes, verdad? Tú sabes quién soy y qué quiero...

El caballo seguía mirándole y cabeceaba.

¿Qué haría allí, solo, paseándose entre los árboles, mordisqueando las hierbas y mirando a Nico? ¿No tendría dueño?

El chamaquito se acercó al animal y le puso la mano sobre el lomo.

«No es muy alto —pensó—; yo podría montarlo.»

Se oyó la voz de Lupita:

—¡Nico!

Pero él no escuchó a su amiga de las trencitas.

De un brinco montó en el caballo; éste lanzó un alegre relincho y empezó a trotar. Al instante, Nico lo olvidó todo: sus amiguitos, la escuela, la voz de Lupita, la excursión... Sólo oía el relincho, sólo veía las rubias crines y la extensión de la vertiente de la montaña, vasta como la fantasía que lo llevaba a caballo de su anhelo galopante...

—¡Corre, corre, caballo güero! ¡Vuela, güerito!

El caballo relinchó otra vez y se lanzó al galope cuesta abajo.

—¡Magnífico, mi caballito dorado, valiente! ¡Parece que tengas alas! ¡Te llamaré Orovolante! ¡Eso mismo! Tu nombre es Orovolante. ¡Corre, Orovolante!

EL VIEJO DEL RIACHUELO

Llegaron a una hondonada por donde se despeñaba un chorro de agua clara y tumultuosa de la que subía un leve vaho. Nico tiró de las crines y Orovolante se detuvo.

—Quisiera bañarme, güerito. Me muero de calor.

No muy lejos del riachuelo había una choza, y, delante de ella, un viejo sentado sobre un tronco, que fumaba su pipa.

—Buenas tardes, abuelo —le dijo Nico.

—Buenas tardes, hijo. ¿Vas de paseo?

—De viaje.

Nico se apeó y dijo a Orovolante:

—Espérame un poco. Descansa. No te alejes.

—¿Con quién hablas? —preguntó el viejo.

—Con mi caballo.

—¡Ah! ¿Está aquí?

—¿No lo ve usted?

—Bueno... A veces los ojos... —murmuró el viejo.

—¿Vive usted en ese jacal, abuelo?

—Sí, aquí es mi casa.

—¿Solito?

—Con mi oso.

—¡Su oso! ¿Tiene usted un oso? ¿Dónde está?

24

—Dentro, durmiendo.

—¡Oh! ¿Está amarrado? —preguntó Nico, amedrentado.

—No, pero no tengas miedo, es muy bueno, muy manso.

—Bien, bien... Dígame, abuelo: ¿Puedo bañarme en este torrente? ¡Tengo tanto calor! Soy de tierra fría.

—Sí puedes, hijo. Es agua tibia.

—¿Tibia? ¿Cómo es eso?

—Es una fuente de agua sulfurosa. Muy buena para los males de la piel. Es la que llena la alberca de Cuautla.

—Yo no tengo ningún mal. Sólo aquí, en la pierna, unas ronchitas. ¿Me las curará?

—Seguro que sí.

Nico se acercó al riachuelo alborotado, olfateó y frunció la nariz.

—Apesta esta agua. ¿Habrá algo podrido dentro?

—Es sulfurosa, ya te dije. Por esto tiene este tufo.

—No me gusta, pero necesito bañarme.

Nico se desvistió y se tendió en medio de la rápida corriente que le cubrió el cuerpo.

—¡Orovolante! —gritó—. ¿Quieres bañarte?

—¿Es blanco tu caballo? —preguntó el viejo.

—¿No lo ve? ¡Es dorado! Y, cuando galopa, parece volar. Por eso su nombre es Orovolante.

Nico salió del agua, se sacudió como un perrito y se vistió. Con un suspiro de satisfacción, se acercó al viejo y se sentó a su lado.

—¡Ah! ¡Qué bien! ¡Me siento fresco y descansado!

El viejo tendió la mano hacia el otro lado y, mirando al suelo, dijo:

—¿Ves, Sedeño? Tenemos visita.

—¿A quién se lo dice usted?

—A mi oso.

—¿Dónde está, ahora?

—Aquí, a mi lado... Te está mirando.

—No veo nada.

—Aquí, hijo... Junto a mí, echado... No puede estar mucho rato lejos de mí. Es tan cariñoso, tan tierno, tan bueno... ¿Verdad, Sedeño, que me quieres mucho?

El viejo se inclinaba sobre su mano que se movía acariciadora.

—Pero... —murmuró Nico, lleno de asombro—. Si yo no...

—No abras tanto los ojos, hijito. Como te dije antes, a veces los ojos... No te importe. Si dieses demasiada importancia a tus ojos no tendrías el caballo dorado... Déjame que te los roce con una hierbita milagrosa que crece aquí, y verás bien.

El viejo buscó a su alrededor, arrancó una plantita con una flor azul muy menuda y se acercó a Nico.

—¿Cómo se llama esta hierbita?

—Se llama «verafantasía». Cierra los ojos.

Nico obedeció y en seguida sintió sobre los párpados el cosquilleo de las florecitas.

—Ábrelos. —Nico abrió los ojos—. ¿Ves?

—Sí, veo. Ahora sí que veo el oso.

—Esta hierba debió tocarte los ojos cuando encontraste a tu caballo.

—No me di cuenta.

—Tu caballo es de oro. Mi oso, ¿ves?, es de seda negra. ¿Verdad que es muy hermoso?

—Sí.

—Mira qué pelo tan brillante y tan fino... Su carácter también es de seda. No hay en el mundo nada más fino que mi oso.

—También lo es mi caballo. Y es de oro. —Se inclinó para mirar al oso y preguntó—: ¿No muerde?

—¡Morder, este angelito! ¿Oyes, Sedeño? Preguntan si muerdes... Mira a este chamaco, que vea tus ojos tan dulces... ¿Los ves, muchacho?

—Sí, de veras que tiene una mirada tierna.

—No come nada más que miel. Por eso es tan dulce.

—¿Le da usted miel para comer?

—Ahí tengo mis colmenas. —Nico se volvió hacia donde señalaba el viejo y vio tres colmenas detrás de la casa—. De allí la saco para él y para mí, y un poco para vender también. ¿Quieres probarla? Oye, ¿cómo te llamas?

—Nico Huehuetl, para servir a usted.

—Bonito nombre. ¿Quieres probar la miel de mis abejas, Nico?

—Sí, gracias, abuelo. La verdad es que el baño me despertó el apetito. Y la miel me gusta tanto... ¡Mmm!

—Espera, te la traeré.

El viejo entró en la choza, y salió, después, con un plato de barro en una mano y una tortilla en la otra. En el plato había tres pedazos de panal. Dio la tortilla a Nico, puso el plato en el suelo, tomó un trozo de panal y dijo:

—Come, Nico Huehuetl.

El viejo empezó a chupar la miel, pero en seguida se sacó el panal de la boca, partió de él un pedacito con los dedos y lo echó al oso, diciendo:

—No creas que me olvido de ti, Sedeño.

Nico daba grandes mordiscos a la tortilla untada de miel. Mientras comía, preguntó:

—¿Y usted cómo se llama, abuelo?

—Huaillaca.

Nico se echó a reír.

—Sí, Nico. Casi hacemos una orquesta: Huehuetl y Huaillaca. ¿Sabes qué quieren decir estos nombres?

—Huehuetl quiere decir tambor, ya me lo explicó la maestra. Huaillaca, sí que no lo sé.

—Quiere decir flauta.

—¡Qué gracioso! ¿Sabe usted tocar la flauta?

—¡Cómo no! Tengo una muy bonita, mírala.

El viejo se sacó del bolsillo una flauta de madera que tenía dibujos hechos al fuego.

—Toque usted, abuelo Huaillaca.

—Bien, tocaré la canción del buen tiempo.

Huaillaca tocó una melodía fina y alegre. Cuando terminó, ambos quedaron callados un rato, sonriendo. Después, el viejo habló:

—También tengo la canción de la lluvia; la toco cuando hace mucho calor y deseo un poco de agua refrescante. Y la del apaciguamiento del cielo, para que allá arriba no rompan la tinaja.

—¿Cómo? —dijo Nico, extrañado.

—¿No lo sabes? Antes, la gente de esta tierra sabía que allá arriba está el palacio de Tláloc, el dios de las aguas. El palacio tiene cuatro estancias, una azul, una blanca, una amarilla y una roja, en torno a un patio donde hay cuatro grandes tinajas llenas de agua. Cuando el dios se lo manda, sus servidores riegan la tierra con esta agua, y nos regalan la lluvia refrescante. A veces, rompen la tinaja, y entonces es cuando truena; los rayos son los trozos de tinaja que caen. Pero no lo hacen adrede, lo hacen sin querer, porque Tláloc es un dios bueno.

—¿Hay dioses malos, Huaillaca?

—Los hay, los hay, hijo... Era malo el que robó a la esposa de Tláloc. Porque has de saber que el dios de las aguas tenía una esposa que se llamaba Xochiquetzal, muy hermosa, bellísima. Xochiquetzal vivía feliz en un jardín delicioso que se llama Tamoanchan, donde hay toda clase de flores, y fuentes, y ríos; y se paseaba en medio de las rosaledas que daban unas rosas maravillosas de todos colores... Y he aquí que un día, jugando, deshojó las rosas, pero después sintió una gran pena de verlas malogradas y se echó a llorar; desde entonces, llora y llora cada vez que recuerda aquellos rosales floridos... Todas las noches llora, y sus lágrimas acaso sean el rocío.

—¿Por qué llora? ¿No dan más rosas los rosales? ¿No es feliz en aquel jardín tan delicioso?

—Es que ya no está en él. Como te dije, alguien robó a la esposa de Tláloc.

—¿Quién?

—Tezcatlipoca, el dios cojo que envía males y calamidades a los hombres. Un día logró meterse en el jardín de Tamoanchan, agarró a Xochiquetzal, se la llevó y la hizo su esposa.

—¡Vaya! —exclamó Nico Huehuetl, enojado. Y quedó silencioso, con el ceño fruncido y la mirada fija en el suelo, hasta que, después de un rato, dijo—: Yo no creo en ese Tezcatlipoca. No, no creo en dioses malos.

El viejo callaba. El sol ya estaba bajo y se ocultaba tras las ramas de los árboles. Nico se levantó.

—Me voy, abuelo Huaillaca. Es tarde y tengo que andar mucho. Orovolante se impacienta. Mire, su oso se ha dormido.

—Sí. ¿Adónde vas ahora, hijo?

—No lo sé. Él lo sabe, mi caballo. Adiós, abuelo, y muchas gracias por todo, por la miel, por la música y por la historia del jardín del cielo.

Mientras decía todo eso, saltaba sobre el caballo. Orovolante respingó en seguida y partió al galope, tan veloz que el viejo apenas oyó el grito de Nico:

—¡Siempre me acordaré de Huaillaca!

DULCE Y BARROCO

Tan veloz corría el caballo que Nico hubiera jurado que sus patas no tocaban el suelo.

Divisaron una población, y Orovolante detuvo su carrera loca poniéndose a trotar como cualquier caballo vulgar. Incluso buscó la carretera y por ella entró en la ciudad. Entonces, Nico pudo leer: PUEBLA. Y abrió mucho los ojos, dispuesto a verlo todo, porque había oído decir que Puebla es una ciudad importante.

Desembocaron en una avenida con palmeras y flores. Unos niños que estaban jugando a la pelota se quedaron parados mirando a Nico. Uno de ellos gritó:

—¡Ese chamaco vuela!

Y es que no veían al caballo bajo él.

Orovolante se sacudió y huyó al galope. Nico oyó todavía tras él:

—¡Mamá! ¡Pasó un muchacho que volaba!

De pronto se encontró de pies en el suelo, en la acera de una calle, y sintió sobre su hombro el aliento de Orovolante que lo empujaba con el hocico.

Caminó entre casas altas: incluso las había de seis pisos. Y unas tiendas... y unos escaparates... ¡caramba! Al cabo de un rato pasó por unos porches, bajo los cuales había puestos de venta de muchas cosas, y fue mirando. Los objetos de ónix le encantaban: ceniceros, cajitas, elefantes... Se detuvo ante la figura del hombre sentado con la cara oculta bajo el ala del sombrero.

—¿Duerme? —preguntó al vendedor.

—Parece —contestó el del puesto, riéndose.

—Sí, duerme. Es como uno que mi tío trajo de México, pero el suyo era de madera y tenía colores. ¿Por qué no pintaron éste?

—El ónix no se pinta. ¿Quién pintaría un pedazo de montaña?

—El mismo que lo lleva a vender —contestó Nico, molesto porque aquel individuo se burlaba de él.

Y se fue, para detenerse de nuevo ante un puesto de dulces, con una diversidad de dulces caprichosos que le hacían relamerse. Principalmente, aquellos limones rellenos de coco... ¡qué ricos estarían!

—¿Quieres camote? —le dijo la vendedora, señalando el montón de barritas de batata en dulce, cuidadosamente envueltas.

—No. Ya lo he comido muchas veces. Los de fresa son los que más me gustan. Estos limones sí que... Pero no tengo plata.

La mujer le miró con simpatía, tomó un limón y se lo ofreció.

—Te lo regalo, ten.

—¡Gracias! —dijo Nico, emocionado. Y creyendo que acaso debía corresponder con un cumplido, añadió—: Los camotes de Puebla son también muy buenos, pero en Chalco los venden.

Entonces recordó que sí llevaba algunos centavos en el bolsillo, pero pagar, ahora, parecería un desprecio.

Dando mordisquitos y chupaditas al limón, siguió adelante.

—¿Quieres probarlo? —dijo al caballo, acercándole la golosina.

Y Orovolante jaló con los labios un par de hilos de coco.

Luego encontraron un jardín frondoso de flores y verdor en el centro de una plaza. Nico se sentó en un banco, a la sombra. Al poco rato, llegó un señor anciano con bastón y sombrero de fieltro de alas anchas, y se sentó en el otro extremo del banco. Nico lo miraba disimuladamente; le llamó la atención un anillo con una piedra grande y muy brillante

31

que llevaba en el dedo meñique de la mano izquierda. El señor, con menos disimulo, también miraba a Nico de arriba abajo, desde el fleco de cabello negro sobre la frente hasta los pies descalzos dentro de los huaraches. Por fin se decidió a preguntarle:

—Tú no eres de Puebla, ¿verdad?

—No, señor, sólo estoy aquí de visita. Soy de Chalco.

—Puebla vale la pena ser visitada —dijo el señor, en tono de importancia, como si diese una lección—. Es una ciudad colonial con mucho carácter. ¿Has visto ya las iglesias barrocas?

«¡Qué manera de hablar!», pensó Nico, porque aquella palabra le parecía muy fea.

—No, señor.

—Hay que verlas, hay que verlas. Aquí tenemos un barroco del mejor.

«¡Otra vez!», volvió a pensar Nico. «¿Barroco? ¡Qué palabrota para decirla un señor bien educado!»

—¿Has visto el museo?

—No, señor.

—Pues, debes ir. Los muchachos como tú han de instruirse en arte y en historia. Ve a verlo.

—¿Dejan entrar caballos?

—No lo creo. ¿Por qué?

—Entonces no voy.

—¡Qué cosa! —exclamó el señor.

Nico no se dio cuenta de que el hombre lo miraba como si estuviera chiflado, porque de nuevo le llamaba la atención el anillo con la piedra que relucía tanto.

—Perdone, señor... ¿Es mágico este anillo? —se atrevió a preguntar, por fin.

El hombre soltó una carcajada. Miró el anillo y contestó:

—Es mágico el dinero que vale. Si trabajas bastante y te haces un hombre importante, podrás tener uno igual.

—¿Pero no es mágico? ¿No le puede usted pedir que... que lo lleve volando hacia otro país, por ejemplo?

—No, muchacho, no. Y, créeme, no te dejes embaucar por supersticiones si quieres hacer algo bueno en la vida.

Orovolante dio un golpecito ligero en el hombro de Nico y éste, aunque no sabía muy bien qué son las supersticiones, comprendió que a su caballo no le gustaba que hablasen mal de ellas. Así que se puso de pie y dijo al señor:

—Con su permiso, tengo que irme.

Y mientras se alejaba, iba diciendo en voz baja:

—Supersticiones serán las cosas que hacen viajar, como los caballos dorados, los quetzales y los anillos mágicos. Y este pobre señor, como no quiere tener ninguna de esas cosas, tiene que caminar con un bastón y llevar un anillo comprado que no sirve para nada.

EL OJO DE VENADO

Las verdes montañas se acercaban. Nico y Orovolante se adentraron en el bosque que trepaba por una ladera.

Todavía brillaba el sol cuando llegaron a un pueblecito de casas de adobe. El caballo lo atravesó al paso, subiendo por una calle empinada que se abría al monte. Al final había una casita un poco separada de las demás, como si fuera mitad de la aldea y mitad del bosque. Una gallina clueca y una multitud de polluelos picoteaban la tierra. En la puerta de la barda, hecha de troncos y carrizo, apareció una niñita vestida con una falda que casi le llegaba a los pequeños pies descalzos, y con el cabello suelto, desgreñado, en torno a una carita redonda y muy morena. La pequeña agitó los brazos gritando algo en una lengua que sonaba como una canción antigua. El caballo se detuvo al instante y, entonces, Nico se sorprendió al ver que, tanto él, que no sabía más que el español, como Orovolante, que no hablaba ningún idioma, habían entendido muy bien lo que decía la niña. La niña había gritado:

—¡Que aplastarás mis polluelos!

A los gritos de la niña salió un hombre, el cual saludó a Nico:

—Buenas tardes. ¿De camino, muchacho?

—Sí, señor.

—¿Adónde vas?

—A la sierra.

—Si quieres descansar, aquí tienes tu casa. Entra.

—Gracias.

Nico se apeó y entró en el patio, seguido del caballo.

En el patio había muchas plantas y flores. Hasta el corral, donde se veía una vaca, un burro y una cabra, estaba cubierto de madreselva.

De la cocina salió una mujer de cuerpo robusto y cara arrugada; llevaba los cabellos trenzados con estambre rojo en una sola trenza larga. El hombre dijo:

—Es un forastero que va de camino. Le invité a descansar un rato.

Entonces, la mujer le saludó:

—Buenas tardes. Pasa.

Y se metió en la cocina donde la siguieron los tres, el hombre, Nico y la niña. La mujer se agachó cerca de la lumbre y continuó moliendo en el molcajete una masa rojiza de olor picante. El hombre ofreció un banquito a Nico para que se sentara. Al poco rato llegaron dos jóvenes, cada uno con un haz de hierba que dejaron en un rincón del patio.

Todos se pusieron a conversar. La niña charlaba como un pajarito.

—Creí que su caballo iba a aplastar a los pollitos —decía—. Pero ha tenido mucho cuidado y no les ha hecho nada. Es un caballo buena persona.

—¿Cuál caballo? —preguntó la mamá.

—El suyo. ¡Mira qué bonito es!

—Sí, me pareció que iba a caballo —dijo el papá.

—¿Dónde lo dejó? —preguntó el hermano mayor.

—Ahí afuera —contestó el más joven.

—Es de oro —añadió la hermanita.

A aquella gente le parecía muy natural hablar de un caballo que unos veían y otros no. Nada les extrañaba a los montañeses.

Nico sí se extrañaba de entender todo lo que decían en lengua náhuatl. Por lo que veía sólo el papá y el muchacho mayor sabían hablar español.

La mamá empezó a reparur la comida: tortillas recalentadas, con frijoles negros, que sacaba de una olla, y salsa de chile que cogía del molcajete. Sirvió también a Nico, quien se puso a comer con mucho apetito. Después, la mamá sacó de un rincón de la cocina un bote de vidrio bien tapado y se dirigió a Nico.

—¿Quieres hongos? —le preguntó.

—¿Hongos? ¿No serán de los que hacen ver visiones?

Un día, en Chalco, había oído la conversación de dos hombres. Uno de ellos había probado unos hongos, en las montañas, allá lejos, y había visto cosas muy bonitas que no existían.

—¡No! Éstos son en escabeche. Yo los recojo y los preparo.

El muchacho más joven se echó a reír.

—¿Quieres comer de aquéllos? Mamá también los tiene.

—No, aquéllos son una medicina —replicó la mamá.

—¿Qué es lo que curan?

—Ciertos males... —dijo la señora.

Y Nico se calló. Ya sabía que a las mujeres conocedoras de remedios no les gusta explicar sus secretos. En Chalco hay una que da un poco de miedo a los pequeños porque cuando hacen travesuras les amenaza diciendo: «Les haré tomar la raíz...» Y no dice nunca el nombre de la raíz, pero ellos se imaginan algo horrible.

Esta mujer de la montaña, sin embargo, tiene una mirada serena que no podría dar miedo, sólo respeto.

—Mi abuelita, a veces, hace tacos con hongos, pero éstos son más sabrosos —comentó Nico, saboreando los hongos envueltos en la tortilla.

Cuando terminó, dijo:

—Ahora tendré que irme. El caballo me espera.

—¿Dónde vas? —preguntó la niña.

—Creo que... hacia el mar.

Quién sabe por qué se le ocurrió, en aquel momento, la idea del mar que no conocía.

—Antes dijiste que ibas a la sierra. El mar está muy lejos —dijo el papá—. Yo no lo he visto nunca.

—Yo tampoco. Pero pienso que, caminando, caminando, hacia allá por donde sale el sol, llegaré a él.

—No deberías irte ahora. Ya anochece. Duerme aquí, y, mañana al amanecer, te vas.

Nico aceptó. De hecho, estaba un poco cansado.

Tendieron un petate más; Nico se acostó en él, junto a los dos muchachos, y, envuelto en su jorongo, durmió de un tirón hasta el primer resplandor de la mañana.

Antes de marchar, la mujer le hizo tomar una ollita de café caliente. Nico pensó que debía corresponder como fuera a la hospitalidad que le habían ofrecido. Tomó la especie de semilla negra con un círculo blanco, como si fuera una pupila, que llevaba colgada al cuello de un cordón: era el ojo de venado, con la borlita de lana roja debajo, que su abuela le había comprado en la feria el mes pasado.

—Toma —dijo a la señora.

—¿Qué es?

Por lo visto, en aquellas tierras no conocían el popular amuleto.

—Un ojo de venado. Guarda de males, dicen.

—Muchas gracias —dijo la mujer. Y se colgó al cuello el ojo de venado.

—¡Buen camino! —le desearon todos.

LAS CARAS QUE RÍEN

Habían penetrado en los espesos bosques de la sierra. Nico no había visto nunca montes tan salvajes ni bosques tan sombríos. Seguramente habría coyotes por aquellos lugares.

Tampoco había visto nunca el mar, y ahora le había entrado un gran afán por llegar hasta él.

Todo, todo lo vería de veras, pronto, porque estaba haciendo un maravilloso viaje por México en un caballo prodigioso...

¡El mar! ¡Ahora iban hacia el mar! Al sentir esta alegría, Orovolante dio un salto hasta una cumbre, como si también sintiera el anhelo del mar; y Nico advirtió que, al otro lado de la cumbre, las peñas descendían.

Ni tan siquiera había visto nunca un lago, el muchacho, a pesar de que, antes, llegaba a Chalco el gran lago que ahora está seco. La maestra lo había explicado en clase no hacía mucho tiempo: los reyes de Chalco se embarcaban allí mismo con sus guerreros para hacer expediciones a otros puntos de las riberas, a la gran Tenochtitlán, o a Texcoco, donde mandaban otros reyes; a veces, las visitas eran pacíficas, otras iban en son de guerra. También los mercaderes atravesaban el lago para ir a vender o a intercambiar sus productos en otros pueblos. Pero Nico no había conocido aquella vida tan diferente que hubo una vez en su tierra; había nacido demasiado tarde, había nacido en la época de los cohetes interplanetarios en que los hombres, en vez de lucir sobre las canoas penachos de plumas de resplandecientes colores que el viento agitaba, recorrían los espacios encerrados dentro de un huevo de acero.

Orovolante bajaba veloz, saltaba de una peña a otra y volaba por encima de los bosques. Frenó un poco su galope cuando se acercaron a una ciudad muy clara y florida, en medio de un ancho valle: Xalapa.

Pero antes de entrar en la ciudad pasaron delante de un jardín en medio del cual se veían, esparcidas, unas cabezas humanas de piedra oscura, enormes, más altas que un hombre.

—¡Aquí sí tenemos que detenernos! —gritó Nico—. He de saber qué es esto.

Como no tenía riendas, porque Orovolante no llevaba ninguna clase de arnés, Nico se abrazó estrechamente al cuello del caballo.

—Para, Orovolante, por favor, deja que me baje.

Y con las rodillas apretaba con fuerza los flancos dorados.

Orovolante se detuvo y Nico saltó a tierra, mientras el caballo piafaba impaciente, como indicándole que no tenía ganas de entretenerse mucho.

Nico se acercó a una de aquellas cabezas de piedra: le llegaba sólo hasta la nariz, una nariz ancha y aplastada, encima de unos labios gruesos.

Vio acercarse a un señor vestido de uniforme: quizás un guardia, o un empleado, o quién sabe si alguna autoridad, porque llevaba un galón en la gorra. Nico se quitó el sombrero y se dirigió al uniformado con mucha cortesía:

—Señor, ¿quisiera usted decirme qué es esto, todas estas cabezas, o estatuas, o...?

—Cabezas, sí, esculturas. Son las cabezas olmecas.

—¿Olmecas?

—Sí. Dicen que los olmecas fueron los primeros pobladores del país, pero no se sabe nada de ellos, ni quiénes eran, ni de dónde venían, ni cómo vivían. Sólo dejaron estas cabezas, y se supone que las caras deben parecerse a las que ellos tenían.

—¡Ah! Bueno, gracias, señor. Es muy interesante todo eso.

—¿No eres de aquí, verdad?

—No, señor, soy de Chalco.

—¿Y qué haces por aquí?

—Viajo... para instruirme.

Ante aquel señor de uniforme que sabía tantas cosas, Nico quiso parecer un amante de la cultura. Lo que bien mirado, era.

—Pues, si quieres instruirte, deberías ver las caras que ríen que tenemos aquí.

—¿Caras que ríen? ¿Qué es eso?

—Pasa, ya lo verás: las esculturas de los totonacas.

—¿Quiénes son los totonacas?

—Un pueblo muy antiguo. Ya no existe. Solamente nos queda su arte.

Nico, precedido por el empleado, entró en una sala grande y clara. A su alrededor, había esculturas de todas las medidas. El muchacho se acercó a ellas, fue contemplándolas. Todas se reían, con una risa franca, natural. Nico empezó por sonreír, y sonreír de un modo cada vez más amplio a medida que iba viendo caras risueñas; de hombres, de mujeres, de niños, de jóvenes, de viejos... Hasta que él también soltó una gran carcajada.

—¿Se contagia esta risa, verdad? —dijo el empleado, riéndose también—. ¿Te gustan?

—Sí. Muchas gracias por habérmelas mostrado. Voy a apuntar el nombre de esa gente, para que no se me olvide. Aquí tengo un cuadernito y un lápiz... To-to-na-ca —repitió, mientras escribía.

El caballo, en cuanto sintió sobre su lomo el peso de Nico, partió al trote hacia la ciudad. Se le notaba anheloso de correr, pero dentro de las calles tuvo que contenerse. Eso sí, de ninguna manera quiso detenerse, a pesar de que a Nico le hubiera gustado recorrer a pie, con todo y el chipi-chipi (la llovizna) aquella Xalapa florida, toda de calles en cuesta.

¡EL MAR!

Orovolante elegía el camino más recto, a través de los campos, hacia abajo, abajo. Ya no llovía. Primero vieron verdor, naranjales, corrientes de agua clara, plantaciones de café, árboles de flores rojas, plátanos, palmeras... Y se encontraron en la llanura, donde Orovolante pudo correr todavía más.

De pronto, los cascos del caballo parecieron clavarse en el suelo. Los ojos de Nico quedaron deslumbrados por una especie de gran cortina resplandeciente. La sorpresa le cortó el aliento. ¿Qué es esto? No comprendía. Pero, de pronto, lo supo:

¡El mar!

Se apeó. Todo él estaba temblando. Lo mismo le ocurría al caballo, que se encabritó y lanzó un relincho. Nico levantó los brazos y gritó, cara al horizonte marino. Gritó:

—¡Mar!... ¡Mar!... ¡Mar!...

Nico era como un caballito que, imitando al grande, se encabritaba y relinchaba.

JORNADA MARINA

El caballo dorado echó a correr hacia el agua.

—¡Orovolante! —chilló Nico—. No, que vas a ahogarte. ¡No te metas en el mar, no me dejes!

La verdad es que Nico tenía más miedo de quedarse solo que de que a su caballo le ocurriera algo malo. Casi estaba seguro de que Orovolante tenía algo que ver con el mar; si no, ¿por qué habría sentido tanto afán por bajar a la costa, y por qué sus ojos eran tan azules y su pelo brillaba como la playa soleada? Acaso había nacido en el mar... Si se le ocurriera volver a él, ¿qué haría Nico, solito, tan lejos de su casa?

—¡Güerito!... ¡Ven! —volvió a gritar Nico, al ver que el caballo ya se paseaba con el agua hasta el vientre.

Casi lloraba. Pero no, el caballo no lo dejaría. Al oír sus chillidos, llegó en dos o tres brincos al lado de Nico y le frotó el hombro con su flanco.

—¿Quieres que monte, güerito lindo?

Saltó sobre el caballo. Orovolante se metió otra vez de patas en el agua. Y fue avanzando. Nico tenía miedo, pero no se atrevía a decir nada. Por otra parte, a pesar del miedo, aquello le gustaba. El agua ya llegaba a sus pies y seguía subiendo. Le mojaba las piernas hasta las rodillas. Se levantó el jorongo, que chorreaba por los bordes. Se agarró a las crines que también se mojaban. Orovolante estiró el cuello sobre el agua, y Nico se dio cuenta de que sus cuatro patas se movían suavemente... Nadaba.

«Ya decía yo que Orovolante tiene algo que ver con el mar. ¡Sabe nadar! —pensó—. ¿A dónde me llevará?»

No había por qué asustarse. El caballo nadaba sin alejarse de la playa.

Y nadó, y nadó... Siempre paralelo a la playa, a pocos metros de tierra. ¡Qué lindo! Nico se sentía valiente ahora, y reía, reía... Le gustaba mojarse, porque hacía calor. Se quitó el jorongo, lo enrolló y se lo puso sobre la cabeza, encima del sombrero, para evitar que se empapara; con una mano lo sostenía, y con la otra se asía a las crines, pero no muy fuer-

te, porque ya no tenía miedo: veía que no podía caerse en aquella especie de navegación tan suave.

La costa era llana y arenosa. A lo lejos, empezó a ver algo que podía ser una población, y pronto comprendió que sí lo era, pues distinguía casas. A medida que se acercaban, veía que la población era grande, que se extendía tierra adentro y hacia adelante por la costa; en ella se alzaban edificios altos, y, junto al mar, todo eran bloques y construcciones de cemento. Algunos objetos coloreados flotaban: barcos, sin duda, pensó Nico alegremente. La ciudad debía ser Veracruz, seguro...

Cuando estaba a punto de llegar a las primeras casas, Orovolante salió del agua. El sol llegaba al ocaso, sobre la tierra.

El caballo se detuvo ante una choza de maderos medio podridos, sin puerta, vacía: al parecer estaba abandonada. El muchacho se deslizó al suelo y entró en la choza; tras él, fue el caballo. Se sentó, y advirtió que estaba muy cansado, que tenía hambre y sueño. Dentro de un bolsillo de los pantalones encontró medio panecillo que se había mojado un poco con el agua del mar; se lo comió y lo encontró delicioso, con un sabor como de pescado... Orovolante se había acostado junto a él; Nico le puso la cabeza encima y sintió un gran bienestar. Veía el mar que iba oscureciéndose, porque el sol ya debía haberse ocultado. Respiró, olfateó... ¡Qué olor el del mar! Se le cerraban los ojos. Se echó el jorongo encima y se durmió.

Cuando despertó, el sol empezaba a asomar en el horizonte y llenaba de resplandor el mar inmenso. Orovolante se levantó, salió y empezó a caminar hacia las casas. Nico se colgó el jorongo del brazo, y lo siguió.

LECCIONES DE NATACIÓN

Ya habían atravesado Veracruz, el puerto del Golfo de México. Nico sabía ahora cómo es un puerto, qué movimiento hay en los muelles, cómo son los barcos, cómo ululan y humean...

Todo vestigio urbano había quedado atrás. La playa estaba desierta. Orovolante se volvió de pronto y se metió decidido de patas en el agua.

—¡Espera, Orovolante! —le gritó Nico—. Si quieres meterte, deja que me quite la ropa, si no me la mojarás, como ayer, que salí con los pantalones empapados.

Obediente, Orovolante retrocedió y se detuvo. Nico saltó al suelo, se quitó la chamarra, la camisa, los pantalones, y, junto con el jorongo, lo dejó todo bien dobladito, sobre la arena. Volvió a montar.

—¡Ahora, sí! —dice, riendo.

Y el caballo entra corriendo en el agua y se pone a nadar con movimientos rápidos. Está lleno de alegría, y hasta parece reír. Nico también ríe, y grita, y salta sobre el caballo, y golpea el agua con las manos.

De pronto, a Orovolante se le ocurre revolcarse en el agua. Mientras se voltea, patas arriba, Nico cae y, como no sabe nadar, se hunde. Al sentirse cubierto por el agua, se asusta de veras, pero logra agarrarse a las crines y saca la cabeza, tosiendo y escupiendo aquel líquido salado.

El caballo nada y lo arrastra. Bien asido ahora, Nico vuelve a estar tranquilo y contento. Mueve los pies como hacen los nadadores; se da cuenta de que su cuerpo flota, de que no tiene que hacer fuerza para sostenerse.

—¡Pronto aprendería a nadar! —exclama, gozoso.

Continúa, procura mover bien las piernas a fin de darse impulso y de que Orovolante no tenga que arrastrarlo. Luego, se suelta de una mano, y, con el brazo libre, empieza a hacer movimientos de natación. Piensa, muy satisfecho, que lo hace bastante bien.

Entonces, Orovolante vuelve la cabeza hacia él, le hace soltarse de la otra mano, y, con los dientes, lo agarra por los calzoncillos. Nico ya nada con los dos brazos y las piernas.

¡Qué pícaro es Orovolante! Poquito a poco suelta al muchacho sin que éste se dé cuenta. Claro que, cuando Nico advierte que está suelto en el agua, se alarma, levanta los brazos y se aferra al cuello del caballo. Orovolante cierra los ojos entonces como si quisiera decir: ¡Qué menso eres!

No, Nico no es menso. En seguida comprende la verdad: puede nadar, ya ha nadado.

De tan contento que se pone, llena de besos al caballo. Y le dice:

—¡Otra vez! Tú me cuidas, ¿verdad? Si me hundo, me agarras.

Pero, una vez perdido el miedo, no se hunde, sigue nadando sin alejarse de Orovolante, fijándose bien, y cada vez lo hace mejor.

Cuando se cansa, sale para acostarse en la arena y secarse al sol. Ya descansado, vuelve al agua, decidido, valiente.

Y así pasan la mañana, nadando, saliendo de cuando en cuando a descansar y a secarse.

La tercera o cuarta vez que se echa al agua, Nico, ya envalentonado, en lugar de nadar a lo largo de la playa como había hecho hasta entonces, se dirige mar adentro. Pero no llega muy lejos, porque Orovolante lo sujeta por los calzoncillos, lo detiene y lo levanta en el aire.

Nico ve entonces en un punto del mar, no muy lejos, que el agua se remueve de una manera extraña; durante unos instantes, aparecen la cabeza y el lomo de una especie de pez muy grande, y un poco más allá, los de otro.

Son tiburones. Aunque no lo sabía, Nico comprende que aquellos peces tan grandes son peligrosos y que, por eso, el sabio de su caballo le impide avanzar.

Otra vez, al tocar el fondo, sus pies tropiezan con unas cosas duras, como si fueran piedras lisas. Se inclina y mira. El agua es clara y transparente.

—Esto parecen almejas... —dice.

Se agacha y recoge una de ellas. Sí, son almejas. Vuelve a agacharse para recoger más, y sale con las manos llenas. Las deja sobre la arena y grita:

—¡Mira, almejas, Orovolante! En la casa tengo cuatro que recogí un día en un montón de basura. ¡Voy a pescar más!

Sigue sacando almejas del agua, hasta que tiene un buen montón.

—Y esto se come —explica a Orovolante—. Las que yo tengo, no, están vacías, pero una vez las comí en casa de mi tía, que nos invitó. Éstas deben estar llenas, tan bien cerradas como están. ¡Si pudiese abrirlas, con el hambre que tengo!

En el bolsillo de los pantalones tiene una navajita. Aunque le cuesta mucho, logra abrir una almeja. La sorbe, la saborea, la encuentra deliciosa. Abre otra, y otra... Ha descubierto el truco, y las abre ahora muy de prisa, pero se las traga más de prisa todavía. El pobrecito estaba hambriento, después de pasar el día nadando, y en ayunas.

UNA MALA JUGADA

Después de su merienda de almejas, Nico se vistió. Atardecía entonces. Fatigado como estaba, con la piel ardiente por el salobre y el calor del sol, se acostó en la arena, se cubrió con el jorongo y se quedó dormido.

No despertó hasta el amanecer. A su lado, Orovolante estaba de pie, chorreando.

—¡Ah, ya te bañaste! —le dijo—. Pues, ahora, me bañaré yo.

Se puso en pie de un salto, se desvistió y entró en el agua. Orovolante no lo siguió, pero le vigilaba. Nico nadó un poco y salió.

Miró el mar con pesar y dijo:

—Aquí me quedaría, pero tenemos que recorrer un largo camino todavía, ¿no? Nos quedan muchas cosas que ver... Espera, voy a recoger algunas almejas para el desayuno.

Dicho y hecho. Pesca un montoncito de almejas, se sienta en la arena, y se pone a abrirlas y comerlas. Orovolante se acerca y olfatea el marisco.

—¿Acaso quieres almejas?

Nico le ofrece una almeja abierta. Orovolante se la come. El muchacho suelta una carcajada.

—¡Anda! ¡Un caballo que come pescado!

Inmediatamente notó que la cara del caballo cambiaba. Sus ojos parecían más grandes y brillaban intensamente. La boca se le abría como en un relincho mudo, mostraba los dientes. La piel de todo su cuerpo se estremecía. Sacudía la cabeza agitando las crines de un lado a otro, y piafaba. Diríase que la almeja había sido para él un excitante. Orovolante avanzó unos pasos.

—¿Quieres que nos vayamos? ¡Deja que me vista!

Nico se puso rápidamente los pantalones y la camisa, hizo un hatillo con la chamarra y el jorongo, ya que hacía demasiado calor para ponérselos, y se lo colgó al hombro; después, se encasquetó el sombrero, recogió un par de conchas vacías muy bonitas, se las metió en el bolsillo y corrió hacia el caballo, que esperaba, vibrante.

Por poco no cayó por tierra, tan de repente echó a correr Orovolante sin que él hubiese acabado de acomodarse sobre su lomo.

Fue una carrera loca, frenética, tierra adentro, en dirección a los cerros. Nico, ocupado en agarrarse y sujetarse el sombrero, no veía casi nada en aquel correr vertiginoso. Pero se dio cuenta de que subían, de que la vegetación aumentaba.

Orovolante galopaba desbocado, saltaba por encima de los árboles, de las plantaciones de café, de los naranjales...

—¿Es que te vuelves loco, güerito?

De pronto, el caballo se detuvo tan repentinamente que, con el impulso que llevaban, Nico cayó dando una voltereta por encima de la cabeza del caballo y quedó sentado en el suelo. Sin darle tiempo ni para advertir siquiera lo que le sucedía, Orovolante se volvió y se disparó de nuevo en su alocada carrera.

—¡Eh! —gritó Nico, levantándose—. ¡Espera!

Pero el caballo no se detuvo. Como si fuese sordo. Siguió corriendo, corriendo.

—¡¡Espera!! ¡¡Espera!!

Se le veía volar sobre los campos, hasta que desapareció.

—Vaya, esto sí que... —dijo Nico, muy inquieto—. ¿Adónde irá?

Miraba y miraba a lo lejos, tanto que los ojos le ardían. Y el caballo no se veía.

Se sentó sobre un tronco al borde de la carretera, dispuesto a esperar. ¿Qué podía hacer? Miró a su alrededor: se hallaba en la entrada de un pueblo; a unos pocos metros

había casas, unas casitas blancas techadas con tejas rojizas. A su lado vio un poste con un letrero que decía: COATEPEC.

Pasa el tiempo y Orovolante no aparece. Ahora ya no es inquietud, es angustia lo que siente Nico. Orovolante no regresa...

No aguanta más, se pone a llorar y llorar... ¡Pobre Nico! ¿Qué le sucederá, abandonado allí?

NICO ES UN MUCHACHO VALIENTE

Al cabo de un rato de sollozar, se calma un poco, se seca las lágrimas. ¡Nico es un muchacho valiente!

Pensó que debía hacer algo, que no podía quedarse allí horas y horas. Reprimió el último sollozo, se secó los ojos con la manga, se levantó y echó a andar hacia el pueblo.

Coatepec era una población risueña y florida, pero Nico no estaba precisamente de humor risueño. Preocupado por la mala jugada que le había hecho Orovolante, pensaba qué podría hacer si el caballo tardaba mucho, o no regresaba, pero no se le ocurría nada.

Llegó a una plaza grande, el zócalo, con árboles y plantas y un quiosco, un puesto de servicio de refrescos. Nico se fijó en una muchacha jovencita, no mucho mayor que él, con delantal blanco, que lavaba vasos. La muchacha levantó los ojos, le vio y le sonrió.

—Oye... ¿Yo no podría trabajar aquí, lavando vasos como tú?

—No creo que quieran a nadie más. Pero, mira, si quieres trabajar, ¿por qué no vas a ofrecerte en el restaurante? Allá, del otro lado, ¿ves?

—Voy a probar. Gracias por el consejo. Adiós.

Atravesó el zócalo y se dirigió al restaurante. Delante de la puerta había algunos coches estacionados. Entró, se acercó al mostrador y preguntó al que parecía ser el dueño si podía emplearlo.

—No para quedarte. Pero hoy, precisamente, nos ha caído un montón de turistas y nos falta un muchacho en la cocina, uno que no se presentó. Si quieres ayudar, sólo por unas horas, te daremos de comer y... si lo haces bien... vaya, cuatro pesos.

Nico aceptó, contento, Cuatro pesos le parecían una fortuna. El patrón le llevó a la cocina y gritó que ahí tenían a un ayudante.

Pasó tres horas limpiando platos, amontonándolos junto al fregadero, lavando cazuelas, secando cubiertos...

Luego, en la mesa de la cocina, comieron él y los otros lavaplatos, mujeres y muchachos. ¡Qué comilona! Había arroz, frijoles, salsa verde picante, plátano frito, nopalitos, carne molida... ¡Cuántos días hacía que no había comido así!

Y después, además, se embolsilló cuatro pesos.

Salió muy contento del restaurante. Pensó en Orovolante, sintió una punzada de pena, pero en seguida se encogió de hombros. «Soy listo —se dijo—: ¡Me las arreglaré sin él! Si es necesario, volveré a la casa en camión. ¡Ya me las arreglaré!»

Al anochecer, se tumbó en un rincón del zócalo y durmió; se despertó con el sol sobre la cara.

«Antes que nada —pensó—, iré a ver si regresa Orovolante. Si no, buscaré alguna chamba.»

Y volvió al lugar donde el caballo le había abandonado, se sentó y esperó, mirando a lo lejos por encima del verdor. Esperó con paciencia.

Vio que en un punto el verdor se agitaba de una manera rara; y eso que no soplaba nada de viento. Aquella especie de remolino en el ramaje iba acercándose... Y se entreveía algo dorado... Aparecieron la cabeza, las crines... Luego, todo el caballo que avanzaba hacia él con un trote sereno y majestuoso.

—¡Orovolante! —gritó Nico, levantándose de un brinco—. ¡Orovolante!

El caballo se detuvo ante él, y el muchacho lo abrazó al mismo tiempo que le daba cachetaditas en el hocico.

—¡Malo! ¡Malo! ¿Por qué me dejaste? Pero ya sabía que volverías... —Le dio un par de besos y luego otras dos cachetaditas más—. ¡Qué jugada me hiciste, Orovolante!

Pero ¿adónde había ido el caballo, dónde había estado durante aquellas veinticuatro horas? Nico no lo sabría nunca.

EL SALTO

Orovolante levantó las patas delanteras y, con un impulso formidable, saltó.

Nico se quedó sobrecogido, azorado y sorprendido por la fuerza, la amplitud, el vuelo de aquel salto.

Ante él veía el muro enorme de la sierra a la que se acercaban rápidamente, como si fuesen a estrellarse contra ella. Nico cerró los ojos, sintió una leve sacudida y como se inmovilizaba el caballo de pronto. Abrió los ojos.

Orovolante había terminado su salto en la cumbre más alta de la sierra. Estaba parado al borde del abismo. Muy abajo, la llanura se extendía hasta el horizonte.

Luego, el caballo volvió á levantar las patas delanteras, tomó impulso, y saltó de nuevo... ¡saltó al abismo, al vacío! Nico, atemorizado, se aferró a las crines.

CITLALTEPETL

Cuando tocaron tierra, Nico, con el corazón todavía palpitante y estremecido, se vio en una especie de nido entre montañas y colinas verdes, a la entrada de una ciudad. El caballo, entonces, avanzó despacio por las calles tranquilas.

Nico levantó la cabeza y, detrás de las lomas por las que se deslizaban hilachas de niebla, vio aparecer, por encima de un rebaño de nubes, un pico nevado que le recordó las cumbres que tanto conocía del Popocatépetl y del Iztacíhuatl.

Este pico también es un volcán —según le dijo un señor que encontró en una plaza— que se llama Orizaba, igual que la ciudad, y que el río que la atraviesa y que el valle. Aquel señor, al comprender que era forastero porque le vio de mirón bajo la llovizna, le explicó que el volcán —no, ahora no lo vería, ya lo había cubierto la niebla— tiene otro nombre, además del de Pico de Orizaba, el nombre antiguo de Citlaltépetl, que significa Cerro de la Estrella.

—Cerca de mi pueblo hay dos volcanes —dijo Nico.

—Todos ellos —dijo el señor, incluso éste mismo, son volcanes amansados. Hay que ver uno en furia, como yo lo he visto.

—¿Sí?

—Sí, chamaco. Yo vi nacer un volcán.

—¡Oh! Yo creía que las montañas no nacían nunca. ¿Y dónde lo vio usted?

—En mi tierra. De eso hace más de veinticinco años. Yo era joven. ¿No has oído hablar del Paricutín?

—Creo que sí.

—Pues yo era de los que vivían allá, en un pueblito donde la tierra empezó a temblar de pronto, y a salir humo por unas grietas, y todos tuvimos que huir. Y después salió fuego, y más fuego, y pedruscos que saltaban hacia el cielo, y la boca que iba abriéndose hacía unos rugidos que espantaban. La lava que se escurría fue amontonándose alrededor de la boca y formó un cerrito que fue creciendo...

—¿Qué es la lava?

—Qué te diré... Es como piedra fundida... ¿No has visto nunca una piedra ligera, esponjosa, que se llama tezontle?

—Sí, claro. Hacen paredes con ella, a veces.

—Pues eso es lava que se ha enfriado y endurecido.

—¡Ah, caramba! ¿Y todavía echa fuego el Paricutín?

—Creo que sí. Hace ya años que me fui de allí.

—Tendré que ir a verlo. ¿Por dónde está?

—En Michoacán. Si vas, salúdalo de mi parte, de parte de Tomás, que lo vio nacer, dile.

En cuanto salieron de la ciudad, Orovolante se aventó en otro salto, un salto largo... Ahora no había abismo y Nico no se asustó. Miraba, complacido, las tierras que pasaban velozmente debajo de él, y los poblados, y un río a lo lejos...

«No sé por dónde paso —pensó Nico—, ni dónde estoy, ni adónde voy. Es lindo saltar, mejor dicho, volar, aunque así no aprenderé nada, no conoceré el país. Claro que hay muchas maneras de conocer... Lo que mis ojos ven parece que me entre adentro y me llene. ¿Esto es conocer? Ahora sí tocamos tierra, y vamos despacio. Terminó el salto.»

LA AVENTURA DEL PAPALOAPAN

Todo era espesor verde a su alrededor. Y arriba, el gran cielo ardiente. El aire era caliente; Nico tuvo que quitarse el jorongo, la chamarra, y hacer un hatillo con ellos. ¡Qué bochorno!

La pendiente era suave. Allá abajo, entre las matas, veía resplandecer algo verdoso.

¡El río!

Cerca ya del agua, Nico se apeó y, caminando, pisando la hierba, se acercó todavía más a ella.

—Con este calor sería bueno bañarse. ¿Qué te parece, güerito?

El caballo, parado unos pasos más atrás, no dio señales de haberle entendido.

Nico miró el río. Al otro lado, la orilla era un brillante decorado verde. En medio, el agua corría rápida, pero, en el margen de este lado, estaba quieta, espesa. La orilla era lodosa. No, no se atrevía a bañarse allí. Las ninfeáceas, los jacintos o lirios acuáticos, aquellas plantas flotantes de anchas hojas y grandes flores color lila, que se agrupaban y formaban pequeñas islas movientes, no le inspiraban confianza: quién sabe si se le agarrarían...

—Puede que me moje los pies para probar, nada más.

Se quitó los huaraches, se remangó los pantalones y se metió de pies en el agua. El fondo era viscoso. Al avanzar un par de pasos, resbaló y estuvo a punto de caerse; se sostuvo poniendo las manos sobre un grupo de aquellas ninfeáceas y, con gran sorpresa, vio que no se hundían, que lo sostenían. Caminó de nuevo con el agua hasta la rodilla. Allí, el río se remansaba en una pequeña cala, en la que había muchas de aquellas plantas floridas. Apoyó la mano sobre una de ellas y, ésa sí que se hundió; luego la sacó del agua para examinarla: tenía debajo, en el lugar de las raíces, una especie de globo verde que le servía de flotador; las hojas, gruesas y anchas, eran ligeras, como si estuvieran vacías; la flor, parecida a un lirio, tenía unos delicados matices lilas.

Miró a un lado, y vio que la agrupación de jacintos, que le había sostenido cuando iba a caerse, aumentaba, y que a ella se unían algunas plantas de las que flotaban solas, formando una pequeña plataforma. Sin volverse, de espaldas a la orilla y cara a la gran corriente que arrastraba muchos jacintos, dijo a su caballo:

—Ahora sí, güerito, quisiera hacerme tan pequeño que pudiese navegar sobre una de estas flores.

Todavía se añadían más plantas a aquella plataforma verde moteada de lila, que iba tomando una forma alargada, como de barca, hasta con proa. Se acercó a ella, le puso un pie encima, levantó el otro, y se sostuvo.

—¿Ves esto, caballito? ¿No dirías que...?

Miró, interrogante, hacia Orovolante, pero éste no estaba donde lo había dejado. Lo vio más allá, caminando despacio por la verde ribera, río abajo. Le silbó, pero el caballo siguió alejándose sin hacerle ningún caso. Volvió a silbar y... como si nada. Orovolante se metió en un bosquecillo de fresnos que llegaba hasta el agua y, entre las ramas frondosas, desapareció de la vista del muchacho.

Nico, perplejo, contempló aquella especie de balsa de jacintos, que había crecido y que con la proa apuntaba río abajo y se mecía como si estuviese impaciente por navegar. ¿No era una invitación?... Nico se decidió. Recogió los huaraches y el hatillo de su ropa, subió a la balsa y se sentó en ella. En seguida, la flotante plataforma vegetal empezó a alejarse de la orilla y a avanzar, arrastrada por la corriente.

¡Qué bonito! ¡Qué agua tan brillante! La primera navegación de su vida era realmente maravillosa.

No veía al caballo, a pesar de que ya había pasado el bosquecillo y que, ahora, los árboles eran escasos y esparcidos. ¡Pues sí que había corrido! Debió haber emprendido el galope cuando supo que Nico se había embarcado. Como para confirmárselo, se oyó su relincho, lejos, lejos, río abajo. Esta vez, Nico no tenía angustia, no se sentía abandonado. Se entregaba a la felicidad de verse sobre las resplandecientes aguas verdosas de aquel gran Papaloapan que lo mecía dulcemente, como dulce es su nombre: Papaloapan, que significa «río de las mariposas».

El río se dividió en dos brazos y dejó en medio de ellos una isla todavía más frondosa que las riberas: era como un gran ramillete de verdor. La barca de Nico, embarcación hecha de jacintos, dio la vuelta a la isla y se dirigió hacia la orilla izquierda. Enfrente había una población; por encima de las casas asomaba un campanario color rosa.

La balsa se detuvo entre dos casas, cada una con el jardín dispuesto en pendiente hacia el río; en uno de los jardines había una barca junto al agua. Nico saltó a tierra, avanzó y salió a una calle ancha cuya calzada estaba cubierta de césped verde; las casas con pórtico que la bordeaban estaban pintadas de colores pálidos, amarillos, verdes, rosas, azules y el suelo bajo los pórticos era de brillante mosaico con dibujos multicolores. Todas las casas de un lado daban al río. «Ha de ser lindo —pensó Nico— vivir en la orilla del río y poder mojarse los pies en él dentro del propio jardín, y tener una barquita.»

Echó a andar a la ventura. Las otras calles eran anchas y tórridas. Vio casitas pobres y gente negra. Nico nunca había visto a negros, y se embelesaba contemplándolos: los chiquitos que corrían medio desnudos, ¡qué graciosos eran! Delante de una casa, un niño vivaz, risueño, con unos dientes muy blancos, le saluda y, con la mano, le hace señas de que se acerque.

—¿Dónde vas? —pregunta el negrito.

—A pasear.

La casa tenía una amplia puerta abierta de par en par que daba a una estancia donde se agitaba un enjambre de chiquillos de todas las edades, al lado de una mujer, un hombre, y una anciana, negros todos ellos. Llamaron al niño:

—¡Memo, ven a comer!

El pequeño, riendo, toma a Nico de la mano, le jala, y repite:

—¡Ven a comer!

Nico se resiste, avergonzado:

—No me lo dicen a mí.

—¡Mi amigo viene también a comer! —anuncia el pequeño.

—¡Vénganse! —grita la mujer—. ¿Tu amigo? ¡Que pase!

—Yo... —balbucea Nico—. Perdonen...

La mujer hace sentarse en el suelo al pequeño Memo y le pone en las manos una jícara llena de sopa, y una cuchara.

—¡Sopa de tismiche! —grita el niño, alegre.

La anciana da a Nico una ración de sopa. Nuestro muchacho tiene buen apetito. Come las primeras cucharadas y las encuentra muy sabrosas. La sopa está hecha de una especie de fideos muy menuditos. Pregunta:

—¿A los fideos los llaman tismiche, ustedes?

—¡Esto no son fideos! —le contesta el hombre—. Son pescaditos.

—¡Oh! ¿Pescaditos, esto tan retechiquito?

—Sí, tismiche. Yo lo pesqué. ¿Tú no eres de aquí, de Tlacotalpan, verdad? Ya se ve. ¿De dónde eres?

—De muy lejos.

—¿Cómo viniste?

—A caballo. Con mi caballo. Lo he perdido, pero lo encontraré. Siempre lo encuentro. Ahora voy a buscarlo. Muchas gracias por la sopa. Adiós, buenas tardes...

—¡No te vayas! —protesta Memo. ¡Tú eres mi amigo!

—Sí —contesta Nico, sonriente—. Nos vemos luego, cuando encuentre al caballo.

Y se va calle arriba, hasta que se acaba, y sale a un campo de caña de azúcar donde las largas hojas, movidas por la brisa, hacen un zumbido de papeles que se frotan. Mira por todos lados, a la lejanía de la llanura, y lanza un silbido. Orovolante no aparece. Nico se encoge de hombros, da la vuelta y regresa hacia el río. Hay dos botes de motor amarrados a un embarcadero de madera. Y ve cómo su balsa, que había dejado más arriba, se acerca lentamente y se detiene frente a él. Nico duda. ¿Dónde estará Orovolante? Empieza a estar un poco preocupado, a pesar de que harto conoce ya las jugarretas de su caballo, pero se instala en la balsa, porque no se le ocurre otra cosa. Y la suave embarcación vegetal vuelve a navegar sobre la anchurosa corriente.

Entonces se dejó oír, distante, río abajo, el relincho sonoro de Orovolante.

—¡Ah, travieso! —exclama Nico, sonriendo.

UN BOBO NO PAGA PASAJE

La balsa de jacintos se detuvo junto al muelle.

Inmediatamente supo Nico dónde se encontraba, porque leyó un gran letrero colocado entre dos postes que decía: BIENVENIDOS AL PUERTO DE ALVARADO. Esto de que supo donde se encontraba, sin embargo, es un decir, porque él sólo tenía una idea muy vaga de la existencia en algún lugar de la República Mexicana de una población que se llamaba Puerto de Alvarado.

¿Y Orovolante?... Bien, de momento Nico daría una ojeada a la ciudad. El paseo a la orilla del río tenía casas a un lado, y puestos de frutas, de comida, de alfarería, de canastas y de otras cosas al lado de los muelles, y estaba muy transitado. Se dio cuenta de que la gente era risueña, y de que hablaba de prisa y ruidosamente; también había algunos negros. Sobre el techo de los puestos se posaban y aleteaban los asquerosos zopilotes negros de cuello medio pelado, que a veces llegaban al suelo para picotear en un montón de basura.

Había barcos y botes junto a los muelles del puerto, en la desembocadura. Por allí había más gente aún, y cafés, y tráfico de automóviles y camiones. También había, detenido, una especie de barco blanco, ancho, con una plataforma a nivel del pavimento y, sobre ésta, un puente al que subía un tropel de gente. Nico se quedó boquiabierto viendo cómo también entraban en el barco muchos coches y camiones de carga que iban colocándose ordenadamente en la plataforma, bajo el puente. Y, entonces, se le apareció Orovolante, entre dos coches; lo vio saltar ligero a la plataforma para introducirse entre los vehículos.

57

—¡Orovolante! —gritó el muchacho.

Los hombres de la panga iban a soltar las amarras cuando Nico se decidió a echar a correr y meterse de un brinco en el buque.

Uno de los marineros le llamó para detenerlo, pero él se deslizó entre los coches hasta llegar al lado de su caballo. Las máquinas trabajaban y la panga se alejaba de la orilla. Entonces, le descubrió el hombre que le había visto entrar.

—Chico —le dijo—, ¿por qué te metiste aquí? ¡No pagaste! ¿Qué haces aquí?

—Voy con mi caballo.

—Aquí no hay ningún caballo. Y tienes que pagar el pasaje.

—No tengo dinero. Me metí solamente para alcanzar a mi caballo que se me había escapado.

—A mí no me vengas con cuentos. Tú te metiste sin pagar.

—Le aseguro a usted que sólo quería encontrar al caballo...

Nico agarraba a Orovolante por el hocico y lo acariciaba. El hombre se quedó mirándolo sin saber qué decir.

«Ese también me toma por un chiflado. Como él no ve al caballo... No debe conocer la virtud de la hierbita verafantasía, o acaso por aquí no la haya. Bueno, que me tome por un loco. Yo no puedo pagar, tengo muy pocos centavos, y esto debe costar muy caro. No importa, aquí no puede obligarme a salir, no puede echarme al agua. Veremos a dónde me lleva este barco.»

Nico decidió ser astuto. Procuró poner cada de bobo. Acarició más al caballo y le dijo a media voz:

—Ese no sabe que tú estás aquí, güerito... Ahora cree que hablo solo.

En efecto, el hombre creyó que estaba hablando solo y se convenció de que el muchacho no estaba bien de la cabeza. Se encogió de hombros y empezó a retirarse.

—No te muevas de aquí, de entre los coches, por lo menos, que no te vean. Y, cuando atraquemos, desembarca en seguida.

Es ancha la desembocadura del Papaloapan, allí donde el gran río se adentra solemnemente en el mar. Cuando ya es-

taban cerca de la otra orilla, Nico montó sobre el caballo y se preparó. En cuanto fueron lanzadas las amarras, él y su caballo salieron velozmente.

NICO MARINERO

Una vez más, Nico se encontró ante el mar, una vez más en la desembocadura de un río, pero en un lugar distinto. Era una población que se llama Coatzacoalcos.

En la playa le llamó la atención un grupo de hombres que, con el agua hasta media pierna, se afanaban en torno a una gran barca de vela.

—¡José no viene, caramba! —oyó que exclamaba uno de ellos.

—Bueno, pues no podemos esperar —contestó otro, más viejo, que parecía el patrón—. No hay otra solución, tendremos que arreglarnos sin él.

Nico se acercó más y preguntó:

—¿Hacia dónde van?

El patrón le miró de arriba abajo y, luego, dijo:

—A Yucatán, al puerto de Progreso. ¿Acaso quieres ir?

—Me gustaría mucho.

—Pues si quieres, te embarcamos, a condición de que nos ayudes. Precisamente nos falta un hombre.

Nico se sintió muy orgulloso de que lo considerasen capaz de ocupar el lugar de «un hombre», pero quiso ser franco y contestó:

—Yo no sé nada de barcas, a lo mejor no sirvo.

—Te enseñaremos, no será nada difícil: sólo tendrás que sostener alguna cuerda, jalar o aflojar.

—¿Durará mucho el viaje?

—Dentro de una semana regresaremos.

—Ah, no, yo no quiero volver aquí, ya lo he visto. Ver Yucatán, sí me gustaría.

—Si quieres, te quedas allá. Ya encontraremos a alguien que te sustituya y, si no lo encontramos, seremos uno menos. Basta con que nos ayudes a descargar y cargar.

Nico pensaba en Orovolante que, a su lado, escuchaba la plática. No podía abandonarle. ¡Sólo faltaría eso! ¡Bastantes eran las travesuras que hacía el güerito! Seguro que los marineros no lo veían. Meditó, calculó que la embarcación era lo suficientemente grande para que en ella cupiera el caballo. Si lo embarcase sin decir nada...

—Qué dices, ¿te vienes o no? —dijo el patrón—. No podemos perder tiempo.

—Voy —dijo Nico, decidido.

Se remangó los pantalones, se quitó los huaraches, asió a Orovolante por las crines y con él avanzó hacia el velero. Subieron los dos a la vez y la embarcación se balanceó.

—¡Pues sí que pesas, tan chico como eres! —comentó uno de los hombres.

No, ninguno de los marineros veía al caballo. Nico le buscó un lugar donde no topasen con él, sobre la carga, hacia la proa.

—Te quedas quieto, ¿eh, Orovolante? Nada de bromas. Ahora, soy marinero.

—No rezongues, ven —dijo el patrón—. ¿Cómo te llamas?

—Nico Huehuetl, para servir a usted.

—Bien, Nico, agarra esta cuerda y haz lo que te digan.

Soltaron las amarras. El velero empezó a moverse lentamente. Desplegaron una vela, que se hinchó un poco, y la embarcación se alejó más rápidamente de la tierra. Durante mucho tiempo, Nico no dejó de jalar y aflojar, de pasar de un lado a otro, obedeciendo las órdenes; no veía el sentido de lo que hacía, pero se fijaba mucho y, al día siguiente, ya entendía algo de las maniobras, ya sabía cómo se recogían y desplegaban las velas, cómo giraban de un lado a otro... Así pasaron tres días en el mar, costeando.

Por la tarde del primer día no hubo mucho trabajo; pasaban largos ratos sentados sin hacer nada. El mar se movía bastante. Entonces fue cuando Nico notó más el balanceo de la embarcación y empezó a sentir un malestar... Pobrecito, se mareaba. Los hombres se rieron de él, pero le compadecieron y uno de ellos le dio un limón para que lo mordisqueara: cosa buena contra el mareo.

Pero Nico era un muchacho muy cabal. Pronto dominó el mareo y se acostumbró al balanceo. Y esto a pesar de que, al segundo día, sopló un viento muy fuerte y vinieron unas olas altísimas que hacían subir y bajar a la nave y la inclinaban ora a un lado, ora al otro, de proa, de popa, como si fuese a ser tragada. Miedo sí que tuvo un poco, nuestro chamaco, pero al ver que los marineros no se preocupaban supuso que no había peligro y terminó por divertirse con aquello.

Después de la tercera noche de dormir a bordo, sobre los maderos, cubierto cada uno con su jorongo, llegaron al puerto de Progreso cuando salía el sol.

Nico cumplió su deber de ayudar a descargar y a cargar nuevos bultos. Terminada la tarea, se despidió de los marineros y montó a caballo. Orovolante dejó inmediatamente la blanca ciudad y emprendió la carrera a través de una llanura de magueyes.

Hasta que se detuvieron sobre una pequeña elevación. Nico vio que se encontraban en los arrabales de una ciudad que se extendía a sus pies; encendida de sol, de una blancura deslumbradora, con colores vivos aquí y allá: rojo en los tejados, verde en las plantas; matices variados de flores. El aire era caliente como un horno.

—¡Descansemos, güerito! —dijo Nico, secándose el sudor con la manga.

Se apeó y se colocó a la sombra del caballo para contemplar la ciudad. Pasó una mujer, baja de estatura, robusta, con una canasta sobre la cabeza. Nico se dirigió a ella para preguntarle:

—¿Qué pueblo es ése?

—Es Mérida, mi hijito. Es la capital.

—¡Ah, sí! —dijo Nico. Y, cuando la mujer se alejó, se dirigió al caballo—: Estamos en la capital de Yucatán. ¿Qué hacemos?

Orovolante señaló a lo lejos con un movimiento de cabeza.

—¿Vamos más allá? Como quieras.

EL HOMBRE PELIRROJO

¡Otra vez el mar! Él, que había nacido tan lejos del mar, en una tierra donde vivían muchos viejos que no lo habían visto nunca, siempre iba a dar al mar. Allá cerca se veía un pueblo. Se apeó.

Una playa, dos hombres en camiseta —una azul, la otra roja—, los dos con la nariz granujienta, asaban, en una hoguera sobre la arena, unos pescados envueltos en hojas. El olor del pescado le llegó a la nariz y le hizo darse cuenta de que tenía un hambre feroz. Para saciarla valía la pena gastar algunos de los centavos que guardaba.

—¿Este pescado, lo venden ustedes? —preguntó a los hombres.

—No, no lo vendemos, es para nosotros. ¿Se te antoja? Asaremos otro.

Sin esperar respuesta, el hombre sacó un pescado de un costal, lo envolvió en unas hojas de maíz y lo echó sobre las brasas.

—¿Cuánto vale? —preguntó Nico.

—Te dijimos que no lo vendemos —replicó el otro hombre—. Lo pescamos nosotros. Te invitamos.

—Gracias, muchas gracias. ¿Entonces ustedes son pescadores?

—Pescadores, barqueros... todo.

Los pescados ya estaban cocidos. Empezaron a comer. ¡Qué rico le supo el pescado a Nico, tan jugoso, tan grasoso, con aquel saborcillo de la leña y de las hojas!

Después de un rato de silencio, uno de los hombres le dijo al otro:

—Ya no tarda.

—Creo que no.

—¿Esperan ustedes a alguien? —preguntó Nico.

—Sí, al extranjero. Nos alquiló la barca. Seguido lo hace.

—¿Quién es el extranjero? —volvió a preguntar Nico.

Los dos se encogieron de hombros. Uno de ellos contestó:

—¡Quién sabe! Hace tiempo que anda por aquí. Traficando quién sabe con qué.

—No me extrañaría que fuese algo ilegal —dijo el otro—. Dicen que busca cosas antiguas, esculturas, tepalcates, ¿sabes?

—Yo también pienso que hay algo feo en sus negocios. Todo eso es muy raro —añadió el primero, frunciendo la nariz.

—¿De qué tierra es?

—No lo sabemos —dijo el de la camiseta azul.

—Ni sabemos a dónde va cuando nos alquila el bote —añadió el de la camiseta roja.

—Contrabando, dicen. Cosas ocultas. Negocios.

—Mira, ahí viene.

Sí, se acercaba una barquita de aquellas que tienen un pequeño motor fuera borda. Los dos hombres se levantaron, y Nico también.

Cuando llegó la barca, los pescadores, con los pantalones remangados hasta más arriba de las rodillas, se metieron en el agua y empujaron el bote hacia la arena. Un hombre alto y fornido, pelirrojo y de cara colorada, vestido con una camisa blanca y calzando botas, saltó a tierra cargado con un morral. Se sacó del bolsillo un billete y lo dio a uno de los pescadores, diciendo:

—El viernes lo necesitaré otra vez.

—Sí, patrón.

El pelirrojo fijó en Nico unos ojos pequeños y verdes que hacían estremecerse.

—¿Quién es ése? —preguntó.

—Un chamaco. Un amigo.

El extranjero miró a Nico de pies a cabeza. Sonrió. Tenía unos dientes grandes, que parecían de pez.

—Tiene cara de listo —comentó—. ¿Cómo te llamas?

—Nico.

—¿Eres de ahí? —preguntó, señalando el pueblo cercano.

—No, señor.

Contra su costumbre, Nico contestaba secamente, él que siempre era tan amable. Era porque el aspecto del extranjero, junto con lo que había oído decir de él, le repelía.

—Vamos a tomar una cerveza los cuatro —propuso el extranjero.

En el camino que bordeaba la playa había un puesto bajo un toldillo. Dentro de una tina con hielo, botellas de refrescos y de cerveza. El pelirrojo tomó una con su enorme mano pecosa y la ofreció a Nico.

—¿Te gusta la cerveza?

—No... no mucho...

El hombre soltó una carcajada de sonido áspero, le dio a Nico una palmada en la espalda, y dijo:

—Toma un refresco, si quieres. Pero, para los hombres, nada como la cerveza. Y tú eres un hombrecito. Ya andas por el mundo solo. ¿Vienes de lejos?

—Sí, señor.

Nico aceptó un refresco de naranja y se llevó la botella a la boca. El extranjero seguía mirándolo.

—¿No tienes ningún familiar en Yucatán?

—No, señor.

—¿Ni amigos?

—Amigos... sí, éstos dos —dijo señalando a los pescadores.

—¿Quisieras quedarte?

—No, señor.

Nico seguía contestando así, con pocas palabras, porque estaba algo atemorizado. Miró alrededor buscando a Orovolante y no lo vio. ¿Dónde estaría, dónde esperaría a su pequeño amo? (Si es que Nico era el amo, porque ¿quién de los dos mandaba?) Puesto que no veía al caballo, para tranquilizarse miró a sus amigos los pescadores, quienes bebían sus cervezas en silencio.

Cuando terminaron las bebidas, los dos pescadores dieron las gracias y los buenos días, y se marcharon. Nico quiso seguirles, pero el pelirrojo le cerró el paso con uno de sus brazos gruesos y cubiertos de pelos bermejos.

—¿Quieres ir conmigo? Te mostraré un lugar donde hago excavaciones. ¿Sabes qué es?

—No, señor.

—Cavar la tierra para desenterrar piezas arqueológicas. ¿Sabes qué son?

—No, señor.

—Reliquias de otros tiempos, cosas antiguas, esculturas,

vasos... Si vienes, te lo mostraré. No está muy lejos. Voy a caballo. Puedes montar en la grupa.

—No es necesario. Yo...

Antes de que Nico acabara de decir que tenía caballo, el extranjero llamó a un muchacho que estaba parado delante de un cobertizo de carrizos cerca de allí.

—Muchacho, saca el caballo.

El muchacho entró en el cobertizo y volvió a salir con dos caballos... ¡Y uno de ellos era Orovolante!

—Mira, hay dos —dijo el extranjero, soltando su risa áspera—. Me sirven bien, aquí. Ándale, pues, montemos.

El extranjero no pareció darse cuenta del aspecto extraordinario de Orovolante.

El recelo de Nico se desvaneció al poder montar en su güerito. Siguió a aquel hombre extraño. Orovolante andada como un caballo común, al paso del otro.

Llegaron, en efecto, a unas excavaciones. El extranjero llevó a Nico donde estaba cavada la tierra, le mostró algunos tepalcates y le dio unas explicaciones que Nico no entendió. Tenía el brazo —aquel brazo peludo— sobre los hombros del chamaco y de cuando en cuando le daba unos golpecitos con su manaza pecosa.

—¿Por qué no te quedas conmigo? —le dijo de pronto—. Yo estoy siempre recorriendo estas tierras, y no tengo a nadie que me ayude. Si te quedaras a mi servicio te pagaría bien, sólo tendrías que cuidar mi ropa, hacerme la comida, limpiarme las botas... Entre esta gente de aquí no hay nadie que pueda hacer de criado. Son unos inútiles.

—Yo tampoco soy bueno para eso —contestó Nico—. Nunca he servido a nadie, no sé hacer nada.

—¡Qué lástima! Bueno, vamos a comer.

Se sentaron debajo de un árbol, ante un jacal del que salieron un hombre y una mujer del país que les sirvieron de comer. La comida que les dieron no era muy buena —arroz pastoso, frijoles mal cocidos y una carne de lata—, pero Nico no tenía el paladar exigente, y, de él, podía decirse que el buen apetito hacía sabrosa cualquier comida. Al terminar, el pelirrojo le dijo:

66

—Tú me gustas. ¡Quédate conmigo! Si no de otra cosa, podrías servirme de compañero. No tendrás ninguna obligación, no te haré trabajar. Claro que no te daré un sueldo, pero te pagaré todos los gastos a cambio sólo de tu compañía.

Nico se quedó callado.

El extranjero saca una botella y llena un vaso para Nico. El muchacho tiene sed y se traga la bebida. Es un licor fuerte que lo hace toser.

—No creas que lo que te propongo sería fatigoso. No iríamos andando, ni siempre a caballo. Iríamos en automóvil. Tengo uno cerca de aquí, sólo voy a caballo donde no hay carretera.

Después de haber bebido, Nico siente la cabeza ligera, se le encienden los carrillos, y le entran ganas de platicar.

—Yo también viajo mucho —dice.

—¿Sí? ¿Con qué?

—Montado en mi caballo.

—Oh, a caballo se va muy despacio, y cansa. Es mejor el coche, corre más y es más cómodo.

—Mi caballo corre mucho —replica Nico—. Vuela. Se llama Orovolante, porque es dorado y vuela.

—¡Mentiroso! —exclama el individuo, soltando su carcajada áspera.

—De veras. He pasado montañas y ríos y bosques y he llegado hasta aquí...

—Me gustaría tener un caballo así... ¿Por qué no me lo vendes? Te daré mucho dinero. Soy rico, ¿sabes? Con todo el dinero que te daría, cuando te cansaras de viajar conmigo podrías volver a tu casa en avión. Quiero comprarte el caballo. ¿Dónde está?

—Aquí.

—No lo veo.

—Hay mucha gente que no lo ve. Casi sólo yo lo veo, porque es mío. Al principio no lo sabía, pero, después, me di cuenta de que la otra gente no lo veía.

—Si te lo compro, lo veré, porque entonces será mío. Aquí tienes, toma más —dijo el hombre, volviendo a llenarle el vaso.

De pronto, Nico advierte que ha charlado demasiado. ¿Por qué ha tenido que decir el secreto de su caballo? Y, precisamente, a aquel hombre extraño. Sí, ¿por qué ha charlado? Será porque ese licor tan fuerte le ha embriagado... No tomará más. No. Tiene miedo, y el frío del miedo le disipa la niebla de la cabeza.

—Bebe —insiste el extranjero.

Se saca la cartera del bolsillo, y muestra un fajo de billetes que ofrece a Nico. Pero este gesto, en vez de despertar la codicia del muchacho, le da todavía más miedo.

—Mira, te doy esto, te daré más, dime cuánto quieres por tu caballo. Te compro el caballo.

—No...

Nico se levanta. Mira a Orovolante que se acerca poco a poco.

—Me voy —dice el muchacho, con la voz insegura.

Nico, que se había quitado la camisa debido al calor, siente en su brazo desnudo la mano del pelirrojo. Es una mano fría y dura como el hierro. El muchacho se estremece de espanto. Quiere desprenderse, pero la mano aprieta más, le clava las uñas. Un pánico terrible le hace debatirse desesperadamente, y de un fuerte tirón, se arranca de la mano del hombre... Siente el rasguño de las uñas que le hace sangrar el brazo, corre con todas sus fuerzas, salta sobre el caballo y, con la voz apagada y temblorosa, dice jadeante:

—¡Huyamos, Orovolante!

LA PARED DE COLORES

El susto le pasó cuando, ya lejos de aquel hombre extraño, se vio sobre su caballo que atravesaba otra vez, como un relámpago, la tierra llana y caliente sembrada de magueyes. Estaba tranquilo del todo cuando se encontró a la sombra sintiendo a su alrededor la frescura de la piedra, y el caballo se detuvo. Ante él había toda una pared de colores diversos que parecían como cubiertos por un velo de neblina de oro (y que era la neblina de los siglos, lo que se llama «pátina del tiempo»); eran colores rojos, amarillos, azules, verdes y blancos, hermanados por algo misterioso que Nico no habría podido explicar.

No se apeó. Apoyado en el cuello de Orovolante, miraba y no se cansaba de mirar a todo lo largo de aquella pared pintada. Seguramente, era mágica la mano que había pintado todo aquello que le embelesaba. Figuras de extrañas bestias, extrañas flores y hombres extraños... Nico se sintió presa de aquellas visiones, como si le llenasen y le envolvieran; eran un gran deleite para los ojos, una alegría fresca en el alma, y, al mismo tiempo, como si adentro le manara un llorar dulce y sonriente.

Aquéllas eran sensaciones nuevas y desconocidas para Nico. Y es que por primera vez, sin saberlo, el sentimiento del arte le poseía. El arte, que es la obra de los hombres que penetra el espíritu de los otros hombres, aunque, como Nico, ignoren qué significa la palabra arte.

Aquello era obra de unos hombres que vivieron muchos siglos atrás: los antiguos mayas, antepasados de los que ahora pueblan Yucatán y todavía hablan la lengua maya.

Eran los murales de Chichén-Itzá.

Orovolante empezó a moverse poco a poco, alejándose. Y cuando las ruinas quedaron atrás, emprendió el galope.

LOS MISTERIOS DE LA SELVA

Orovolante llevaba un empuje como nunca. En poco rato cubrieron una distancia tan grande que, para recorrerla a pie, se necesitarían días y días, y en automóvil muchas horas.

El muchacho de Chalco no supo por qué aquellos dos hombres de uniforme le habían hecho señales con los brazos, como diciéndole que se detuviese. Pero el tiempo de pensarlo, Orovolante ya había pasado raudo, y los hombres se perdían de vista. Nico lo ignoraría: en la carrera, habían atravesado, sin más miramientos, un trozo del territorio de Guatemala. ¡El caballo dorado podía reírse de guardias de frontera, de aduanas y pasaportes!

Aquello ya era otra región. Había terminado la llanura erizada de magueyes, ahora encontraban bosques, encontraban ríos, y Orovolante los atravesaba de un salto. Más tarde encontraron la selva. El caballo corría sobre ella, pisando las ramas cimeras de los árboles como si fuesen tierra firme. Se ponía el sol.

Cuando se desvaneció la última claridad del día, en el horizonte negro y ondulante de aquella espesura de árboles asomó la luna. Era luna llena. Y toda la selva quedó plateada.

Orovolante descendió y se detuvo en un claro.

Nico vio unas paredes esculpidas, verdosas de musgo y humedad, que se alzaban iluminadas por la luna sobre el fondo sombrío de la selva que cercaba el lugar. Nico se acercó a la pared más grande y contempló las figuras esculpidas.

No había nadie por allí. La noche estaba llena de rumores que daban un poco de miedo. «Si pudiese cobijarme, dormiría», pensó Nico. Vio una entrada, una estrecha abertura en la gruesa pared, hasta la cual se subía por unos escalones de piedra.

—Voy a ver si ahí puedo dormir —dijo en voz baja al oído de Orovolante.

No osaba hablar alto, como si tuviese miedo de su propia voz.

Allí, la luna iluminaba un pequeño rellano, pero más adentro ya no se veía nada. En aquel rellano, Nico se acostó sobre el jorongo extendido en el suelo y con la chamarra por almohada.

Despertó empapado en sudor, ya de día, y salió de su refugio. Orovolante yacía al pie de la escalera y, al ver al muchacho, se levantó.

Ahora se veía gente, había hombres al otro lado de la explanada. Al poco rato, llegó un jeep con turistas que empezaron a mirar y a sacar fotografías. Nico se acercó a la gente y oyó las conversaciones y las explicaciones. Así supo que el lugar donde se encontraba se llamaba Palenque y que aquellas construcciones eran muy antiguas, que habían sido descubiertas dentro de la selva, que la mayor, la más alta, era un templo, y que la entrada donde él había dormido daba paso a la tumba de algún personaje de otros tiempos. Cuando el grupo se metió en ella, Nico lo siguió; bajaron por una escalerita de piedra que hacía recodos hasta llegar a un espacio donde estaba la tumba. Los turistas se iluminaban con linternas eléctricas, porque aquelio estaba bastante oscuro.

Más tarde, se oyó un alboroto. Dos jóvenes salían de entre los árboles medio arrastrando un gran animal de color amarillento y manchas oscuras. La gente acudió, gritando:

—¡Un tigre! ¡Un tigre!

Todo el mundo, y Nico también, hicieron un corro en torno de donde yacía el tigre muerto. Uno de los jóvenes llevaba un fusil en la mano, y decía, contestando a alguna pregunta:

—Sí, yo, yo lo maté. Aquí, aquí cerquita.

—¿Por aquí hay muchos tigres?

—Algunos, algunos.

El chamaco miró los colmillos del tigre y preguntó:

—¿Muerden... a la gente?

—No; sólo se la comen —contestó el otro joven, riendo.

Nico se estremeció. Pensó que había pasado la noche allá en la entrada de la tumba, y que si hubiese venido aquel tigre...

—¿Y qué harán ustedes con este animal? preguntó uno de los mirones.

—Venderé la piel —dijo el joven cazador—. O bien, una vez curtida, mi hermano hará con ella carteras, cinturones, cosas... Ésta —añadió, sacando del bolsillo una carterita minúscula— es de un tigre que yo maté, hace cuatro años.

—Si fuese más grande la compraría —dijo un turista que tenía al lado—. Pero tan pequeña no sirve para nada.

El compañero del cazador lo oyó, y, en seguida, buscó en su morral para sacar otra cartera.

—Aquí está una más grande.

Mientras vendedor y comprador se dedicaban al regateo, Nico se acercó más al cazador y, fascinado, pasaba el dedo sobre la piel sedosa de la carterita.

—¿Te gusta? —dijo el joven—. ¿Me la compras?

—No tengo dinero. ¿Es peligroso meterse en la selva?

—Sí, sí. Hay muchos animales, grandes y chicos, que pueden matar. Culebras...

—A caballo no será tan peligroso.

—Un caballo no puede meterse. Solamente por algunas veredas.

—Me gustaría meterme. Tal vez lo pruebe.

El cazador miraba a Nico con simpatía. Se veía que el chamaco le caía bien.

—Eres valiente, muchacho. Toma, te regalo la carterita. Te traerá suerte, la piel de tigre trae suerte.

—¡Oh, muchas gracias!

Nico se fue contento, con la carterita apretada en la mano dentro del bolsillo, al encuentro de su caballo.

—Orovolante —le dijo, pasándole la mano por el cuello—, ¿quieres que nos metamos en la selva? ¿Me llevas? Puede que encontremos algún quetzal, aunque teniéndote a ti ya no lo necesito. ¿Vamos?

El caballo permaneció inmóvil, sin decir ni sí ni no. Nico saltó sobre su lomo y, entonces, Orovolante empezó a caminar hacia la muralla de árboles.

¡Y entraron en la selva!

Seguían una veredita angosta, no un camino de caballería —Orovolante debía ser el primer caballo que jamás lo hubiese pisado—, sino una especie de paso trillado por los hombres, o por los animales salvajes, entre matas que rozaban las piernas de Nico y bajo un ramaje que, de no agacharse, le rasguñaría la cara.

Aquello estaba caliente como un horno, y húmedo; una especie de vaho subía de la tierra mojada; todo era sombrío como si el sol no existiese: arriba, solamente se veía un techo espeso de follaje.

A veces, la vegetación que les rodeaba se espesaba tanto e invadía de tal manera el sendero que Nico creía que no podrían pasar. Pero pasaban. Quién sabe cómo hacía Orovolante para apartar los obstáculos sin ningún esfuerzo aparente.

Se veían algunas plantas con hojas enormes, anchas, de un verde más tierno que todo el resto. Se veía huir o trepar a bestezuelas desconocidas, insectos, o reptiles, o pequeños animales de pelo, que el muchacho no podía distinguir bien. Se oían gritos y cantos de pájaros —o de otros animales, acaso— que él nunca había oído.

Al poco rato, salieron a un camino más ancho, aunque también cubierto de ramas, también sin una chispa de sol. Y allí... ¡Qué susto!... En medio del camino se alzaba, derecha como un palo, una culebra. Una culebra que a Nico le pareció enorme: era más alta que el caballo. Allá, enfrente, a dos pasos de ellos. Ante los ojos del muchacho, una cabeza aplanada, grande como la suya propia, verdosa, que sacaba una lengua larga, de dos puntas... Y el extremo del cuerpo de la serpiente, que se curvaba sobre el lodo de hojarasca podrida del camino, movía rápidamente la cola y producía un sonido áspero de cascabel que espeluznaba. Nico se creyó perdido. «Ahora me saltará encima», pensó.

Orovolante se acercó todavía más a la culebra, casi rozando su cabeza y su lengua de dos puntas. Bufó y relinchó, con un relincho corto y estridente, como un regaño. Y la culebra se agachó hasta el suelo... Entonces, el caballo dorado la agarró con los dientes por la mitad de la espalda, la sacudió contra el suelo y con la pata le aplastó la cabeza. Y siguió. Nico se volvió, vio la serpiente muerta, y, en seguida, un par de pájaros negros que bajaban a picoteárla.

Nico ya estaba tranquilo. Incluso reía, reía, porque atravesaba la selva que contenía tantos misterios, templos y tumbas fabulosas, fieras, flores y hojas gigantescas, rumores y armonías extrañas, el hormigueo de millones de vidas...

INJUSTICIA DE VOLANTES ROJOS

Sí, había sido muy emocionante la selva, pero ¡qué bien salir ya de ella! Ahora sabía Nico por experiencia que el misterio no se puede soportar largo tiempo. Y aquella humedad bochornosa... El muchacho respiraba al encontrarse de nuevo entre bosques y montañas de aspecto humano, hasta con casas que se divisaban a lo lejos, y al ver el cielo sobre su cabeza y sentir correr el aire libremente.

Al atardecer, entró en una población que se llamaba San Cristóbal Las Casas, cuando se encendían los faroles de las calles; éstas subían y bajaban, y tenían muchas casas antiguas, no con la antigüedad fabulosa de hombres con plumas en la cabeza y animales raros, sino de cuando se construían techos y paredes como los de ahora, pero con ventanas enrejadas y portones de madera esculpida.

Durmió bajo un pórtico, y no hubo de temer que viniesen tigres.

Al día siguiente, después de comprarse un pan para desayunar, montó en su caballo para seguir viaje.

Bajaron, porque hasta ahora se encontraban arriba, en las montañas. Y, al llegar a la llanura, vieron huertas de árboles frutales y campos de cultivo, y hacía calor. El caballo se puso a volar a ras de tierra, y, así, en un minuto llegaron a la capital de Chiapas, Tuxtla. Acaso fue por culpa del calor por lo que a Nico le parecía sin sustancia aquella ciudad. De todas maneras, se apeó, quiso recorrerla a pie. Y he aquí que. cuando caminaba por una calle ancha y soleada, se detuvo porque una mujer y una canasta y un costal le cerraban el paso, ante una puerta. La mujer estaba inclinada sobre la canasta llena de chayotes espinosos, de un verde tierno, y aguacates de piel oscura; era chaparra, y llevaba el pelo suelto sobre el rebozo que arrastraba el fleco por el suelo. En la puerta de la casa había otra mujer, gorda y corpulenta, vestida con una bata roja con volantes.

—No se puede, no se puede —murmuraba la vendedora, moviendo la cabeza—. ¿Quieres naranjas, sí?

—Dame los aguacates. A setenta —dijo la compradora.

Ésta hablaba con un tono seco y chillón, y tenía una actitud soberbia que el muchacho encontró muy desagradable.

La india movió la cabeza, negando.

—¿Manzanas? —propuso.

Acostumbrada a su lengua tzeltal, hablaba el español con pocos vocablos mal enlazados, y tuteando, único tratamiento que conocía.

—Te digo que quiero los aguacates a setenta —gritó la enorme mujer de la bata roja.

La india apretaba los labios. Se puso el costal a la espalda y se colgó la canasta del brazo. La compradora chilló:

—¡Vete, pues, con tus cochinos aguacates, india piojosa!

La vendedora, sin levantar la voz, replicó:

—Piojos no tengo yo.

Nico también se sintió herido. Se acercó, y dijo:

—Señora, eso de insultar no está bien. Ella vende y pide lo que cree justo.

—¿En qué te metes, tú, cara sucia? ¡Ocúpate de matar tus propios piojos, que los tienes bailando bajo es sombrero mugroso!

La campesina, al sentirse apoyada por Nico, se envalentonó. Tomó un aguacate y lo aventó con rabia contra el suelo del zaguán, donde se aplastó dejando sobre el rojo de las baldosas una bella mancha verde y negra. Aún sin levantar la voz, dijo:

—Toma, cómetelo. Ladina piojosa, tú.

(Nico no sabía que los ladinos, para los indios de Chiapas, son los que hablan «castilla», como dicen ellos.)

La india volvió la espalda y se fue calle abajo, con sus pasos de pajarito, pequeños y rápidos. El muchacho la siguió. La señora gorda agitaba furiosamente sus volante rojos, y gritaba.

Nico tocó el codo de la campesina, quien se volvió y sonrió.

—Lo que hiciste es justo —le dijo—. La señora es mala.

Habían doblado la esquina. La india dejó el costal en el suelo. Dijo:

—Buen chamaco, tú, buen chamaco. Gracias. ¿Una manzana?

Sacó dos manzanas del costal, y una naranja, las puso en las manos de Nico, volvió a cargar el costal y se fue de prisa, sin decir nada más.

APARICIÓN DE XÓCHITL

No sabía a dónde le llevaba Orovolante, quien otra vez corría sin tocar la tierra; pero no le importaba, era bello todo lo que veía, bosques y montañas y lagos... Sí, en un lugar pasó junto a unas grandes lagunas —contó siete— que tenían el agua de colores suaves; cada una era diferente: una verde, otra rosa, otra azul, otra amarilla... Y, en los bosques de los alrededores, vio flores con pétalos como de porcelana, finos, matizados de lila o rosa, que crecían abrazadas a los troncos de los árboles. Nunca había visto flor tan hermosa, ni sabía que era una orquídea, la que en las floristerías de lujo de las ciudades se vende dentro de un estuche, y que aquí crece solamente para el goce de las mariposas, y de las abejas, y de los colibríes. Éstos sí los conocía, los colibríes, los pajaritos de colores brillantes, menudos como insectos, que chupan el jugo de las flores; aquí había muchos, pero en Chalco sólo se ve alguno de cuando en cuando.

Subieron por las montañas, ya en terreno más áspero.

Después, todo cambió. La tierra que atravesaban era yerma, llana, polvorienta y caliente.

De pronto, el caballo echó a correr cuesta arriba por una loma pelada.

Ante ellos se alzaban viejas piedras. Una mano asió el hocico de Orovolante, que bajó la cabeza como en una reverencia. Y una voz dijo:

—Apéate del caballo, Nico Huehuetl. Estás en Monte Albán.

—¡Señorita Xóchitl!

¡La maestra! Con su cabeza coronada de negras trenzas, sus grandes ojos de luminosa negrura y sus mejillas redondas color de la tierra.

—Sí. Vine a visitar este lugar y te vi llegar, te vi de lejos. Ya que nos hemos encontrado, te mostraré todo lo que hay por ver en estas viejas piedras.

El muchachito saltó a tierra y, dando la mano a la maestra, avanzó hacia un muro.

—Aquí, hace algunos años, los arqueólogos descubieron unos tesoros enterrados.

—¿Qué son arqueólogos?

—Los que estudian el pasado por medio de las ruinas y los restos hallados, y cavan la tierra para sacar de ella estas cosas. Aquí excavaron, y encontraron estos restos de paredes, y objetos, y joyas muy ricas, de oro, muy bien trabajadas. Ahora están guardadas en el museo de México.

—¿De oro? —dijo Nico—. Valdrán mucho dinero...

—No se pueden valorar en dinero, ni es el oro lo que las hace tan valiosas. Es que son prendas de aquella civilización...

Xóchitl iba explicando lo que significaba haber desenterrado las ruinas que ahora estaban al descubierto; llevaba a Nico de un lugar a otro, le mostraba aquellas paredes que habían sido construidas hacía, quizá, dos mil años.

—Ahora —dijo la maestra—, antes de dejarte seguir tu viaje, quiero llevarte a dos o tres lugares más, y hacerte ver y comprender los tesoros del pasado de nuestro país. Vamos, Nico... Tú, Orovolante y yo. Ven...

Pasó un brazo en torno al cuello del caballo, y, con el otro, apretó a Nico con fuerza contra su pecho; y dijo:

—Cierra los ojos.

Nico obedeció. La maestra le puso la mano sobre los ojos cerrados. Inmediatamente, el muchacho sintió que su cuerpo ya no pesaba, que el de la maestra era como una nube y que el aliento de Orovolante era como un aire sin impulso. Así transcurrió un tiempo... ¿Cuánto?... Podía ser un año, o un minuto, o una eternidad.

Después, sus pies se posaron de nuevo en el suelo; él y Xóchitl volvían a tener consistencia; el caballo resolló y se sacudió las crines.

—Abre los ojos.

LOS TESOROS DEL PASADO

Nico se vio en la cumbre de un cerro de piedra, de un cerro construido por alguien. Pisaba losas desgastadas. Abajo, se extendía una especie de ciudad rara —pedazos de muro, como de casas derruidas o apenas empezadas a construir—

atravesada por avenidas lisas. En algunos lugares, había plantas y flores. La ciudad estaba en el centro de una gran llanura.

¿Ciudad abandonada, acaso? No, abandonada no, porque por ella circulaba, y se movía, mucha gente.

—Estamos sobre la Pirámide del Sol —dijo Xóchitl—. Aquella de allá, ¿ves? —señalaba, a la derecha, otro cerro geométrico un poco más pequeño—, es la de la Luna. Más allá hay otras, no tan altas. Esto es Teotihuacan, Nico. Era una gran ciudad, Teotihuacan, ¿sabes?, quiere decir «ciudad de los dioses». Había unos templos magníficos, con pinturas brillantes, y palacios donde vivían los que mandaban, los sacerdotes. Ahora sólo quedan pedazos de pared y algún que otro trozo de pintura. Aquí reinó la civilización más antigua de México. No se sabe nada de ella. No sabemos por qué fue destruida la ciudad que, cuando se descubrió, estaba completamente enterrada. No sabemos quiénes eran esa gente... Bajemos, Nico.

Bajaron la larga escalera empinada, de peldaños altos y maltrechos.

Cosa rara, Nico, tan parlanchín y preguntón, estaba mudo. Solamente miraba, miraba...

La maestra le llevó a recorrer aquellas avenidas, le mostró muros de palacios donde todavía quedaban pinturas; en algunas de ellas se veían coyotes o serpientes, en otras hombres tocados con plumas, con unos dibujos que les salían de la boca y significaban que estaban hablando.

Llegaron a una gran explanada en uno de cuyos extremos había gradas, igual que en un estadio. En el centro, se veía un estrado de piedra, ancho, de dos metros de alto, con escalones para subir a él.

—A esto lo llaman el templo de Quetzalcóatl —dijo la maestra.

En el otro extremo, se pasaba por un corredor que bordeaba un muro del cual salían unas enormes cabezas de serpiente y de jaguar, esculpidas en piedra, con las bocas abiertas, mostrando los colmillos.

—Estas serpientes —dijo Xóchitl— representan «la serpiente emplumada», que era un símbolo de Quetzalcóatl. ¿Sabes qué quiere decir un símbolo? Es un objeto que significa una persona o una cosa, aunque no se le parezca.

Orovolante, que les seguía, acercó el hocico a la cabeza de una serpiente y le lamió los ojos vacíos.

—Los ojos eran de jade, la piedra verde, pero ya desaparecieron —explicó Xóchitl.

Entonces, llevó a Nico al centro de la explanada, y los tres subieron al altar. La maestra tapó con la mano los ojos de Nico. Otra vez sintió el muchacho aquella ingravidez, aquel flotar por un tiempo que no se sabía cuánto duraba. Y por fin, de nuevo, sus pies tocaron el suelo y la mano de la maestra se retiró de sus ojos.

—Mira, Nico, ahora estamos en Tula.

Ante ellos se alzaban cuatro gigantes de piedra que tenían tres veces la estatura de un hombre.

—Estos gigantes servían de columnas del templo. Ven, verás el friso esculpido en este muro. ¿Ves? Caracoles, jaguares, serpientes... Todos eran símbolos. Mira alrededor, todas estas ruinas. Esto era Tula, una ciudad muy rica, habitada por hombres sabios, los toltecas, que vivían en paz... Aquello de allá abajo, mira, es el juego de pelota; todavía quedan las gradas donde se sentaba el público, y los aros colgados por donde tenían que hacer pasar la pelota. Pero no podían tocarla con las manos ni con los pies, la aventaban con un golpe de la cadera, así...

Como demostración, Xóchitl hizo un movimiento con la cadera. Nico echó a reír al imaginarse a aquellos hombres jugando a una especie de fútbol a golpes de cadera.

—En Tula hubo un rey que se llamaba Quetzalcóatl, como el dios que también se llamaba Quetzalcóatl. Era bueno y sabio, y quería el bien de su pueblo. Pero llegaron los aztecas, que tenían la pretensión de dominar todo el mundo, hicieron la guerra a los toltecas, les vencieron y destruyeron la ciudad. Los toltecas que quedaron emigraron hacia el sur, hasta Yucatán, y mezclaron su civilización con la de los mayas. Hay muchos otros lugares que ver, pero no quiero llevarte a visitarlos, te fatigarías, pobrecito Nico, y te harías un lío...

LA MARIPOSA DE OBSIDIANA

—Ahora te llevaré a ver gente de hoy, gente de veras. Aquí cerquita la hay. En la ciudad de Tula, no la antigua, la moderna. Sólo la atravesaremos, igual que la atraviesa el río. Pero más allá hay una gente muy pobre. ¡Tan ricos como eran los toltecas! Aquí cerca, en el Mezquital; Orovolante nos llevará. Sube.

Xóchitl ya estaba sobre el caballo, y Nico montó en la grupa.

Sí, aquello era una ciudad moderna como cualquier otra. Más allá, encontraron cerros donde todo era muy verde y frondoso, bosques, rincones llenos de encanto en las orillas del río, árboles gigantescos que crecían dentro del agua. Después llegaron a la llanura y allí se acabó el verdor; hasta el horizonte, sólo había tierra seca, polvo, cactos llenos de espinas, y los pocos árboles que se veían eran mezquites, no muy altos, desgreñados, de follaje claro y polvoriento.

No vieron la aldea hasta estar en ella, tanto se confundía con la tierra. Las casas, mejor dicho, las chozas, tenían por paredes esas cactáceas que se llaman órganos porque son como tubos de órgano, plantadas en apretada hilera; los techos eran de ramas y hojas secas.

También las personas se confundían con la tierra. Niños casi desnudos, flacos, raquíticos, que jugaban con el polvo. Un viejo descalzo, cubierto con una camisa desgarrada, sentado en el suelo. Una mujer angulosa como un cacto, vestida con harapos...

—¿Ahí dentro viven? —preguntó Nico, azorado—. ¿Cómo pueden?

—Pueden, a la fuerza... No tienen otra cosa. He querido mostrártelo para que sepas que no todo son bellezas en este mundo. Debes conocer todo lo de tu país, lo bueno y lo malo, la riqueza y la miseria, el pasado y el presente... Recuerda siempre lo que ves ahora. Algún día habrá que ponerle remedio a esto, salvar a esta pobre gente que se muere de hambre y que sólo puede cobijarse entre plantas espinosas. Recuérdalo.

Nico estaba triste. Seguían galopando entre cactos y sobre el polvo. Xóchitl dijo:

—¿Ves aquellos mezquites? ¿Ves estas biznagas? También tienen historias de fantasía... Los antiguos mexicanos decían que era sobre las ramas desgreñadas de estos árboles y sobre las espinas de la biznaga donde, a veces, aparecía la diosa madre del desierto, de esta tierra yerma y áspera; la diosa se llamaba Itzpapálotl. ¿Sabes qué quiere decir Itzpapálotl? Quiere decir mariposa de obsidiana; seguramente ellos veían así a la diosa, en forma de mariposa negra y brillante.

Entonces, Nico sonrió, imaginando a la diosa con las alas extendidas, negras, resplandecientes, sobre uno de aquellos árboles, o abajo, sobre el cojín de espinas de una biznaga.

—Todo tiene alguna dulzura —añadió Xóchitl—. Con las biznagas se hace dulce, mermelada.

Se volvió hacia la grupa, abrazó a Nico y le tapó los ojos. Cuando le soltó y se apeó, estaban otra vez en Monte Albán.

—Adiós, Nico Huehuetl. Sigue el viaje.

—No me deje usted, señorita Xóchitl.

—Nunca te dejo. Aunque no me veas, estoy siempre contigo. Vete.

—¿Adónde voy ahora?

—Confíate al caballo, que sabe mucho. Escúchalo cuando te reprenda. Orovolante es, en cierta manera, tú mismo, es la parte más bella y mejor de ti mismo.

OROVOLANTE SE HACE RATERO

La cortina de los árboles se abrió y apareció la costa: playa, y rocas, y algún grupo de palmeras.

—¡El mar! ¡De nuevo el mar! —exclamó Nico—. ¡Ah, pero si éste es el Pacífico! Tiene que serlo, porque hemos ido hacia el oeste: ¡todavía recuerdo las lecciones de geografía!

Orovolante no se detuvo. Fue trotando por la orilla del mar. Recorrieron un largo trecho, por un litoral casi desierto.

El sol, todo flama, se hundía ya en el mar. ¿Pues no se le ocurrió entonces a Orovolante meterse en el agua? Nico, sobre el caballo que nadaba, salpicaba agitando los pies, y reía, y se agachaba para recoger agua con las manos y echársela a la cara, y reía, y reía.

—¡Ah, qué bueno poder refrescarme! ¡Ah!

Hasta que el caballo debió creer que bastaba ya y salió del agua. Nico se tendió en la arena. Entonces, miró alrededor. Estaba en una cala espaciosa. En los dos extremos de la playa, curvada como un semicírculo, las rocas avanzaban hacia el mar. Y detrás, la tierra se empinaba en un cerro, y en la pendiente había unas casitas muy lindas, con techos de colores y terrazas enramadas de flores. A un lado del cerro había una mansión, también con terrazas floridas y unas grandes letras que decían HOTEL; y otras con el nombre del lugar: ZIHUATANEJO.

En la playa, lejos de Nico, había un grupo de señores y señoras y niños, en traje de baño, sentados en el suelo, con paquetes y objetos esparcidos a su alrededor. Por lo que parecía, estaban comiendo. Nico suspiró:

—¡Ay, güerito! Pensaste en hacerme pasar el calor, pero no en hacerme pasar el hambre.

El sol acababa casi de hundirse en el horizonte. Nico cerró los ojos.

Volvió a abrirlos un par de minutos más tarde, cuando sintió un leve golpe en el brazo. Orovolante dejaba a su lado una bolsa de plástico.

—¿Qué es esto? —Abrió la bolsa y vio que contenía un par de sandwiches de jamón y queso—. ¿De dónde lo sacaste?

Sobre la arena habían quedado las pisadas de Orovolante que iban desde el lugar donde estaba Nico hasta el grupo de personas, allá abajo.

—¡Orovolante! —dijo Nico en tono de reconvención—. ¡Se lo robaste a esa gente! Eso no está bien, no hay que robar nada. ¿A poco te quieres volver ratero?

El caballo no replicaba, naturalmente.

Nico miró al grupo y vio que todavía tenían algunas bolsas esparcidas, restos de la comida, botellas...

—La verdad es que, por lo que se ve, les sobra. Tú sabrás lo que haces, güerito. Te lo acepto.

84

TEMPESTAD SOBRE EL LAGO

Se habían detenido en la orilla del lago de Pátzcuaro.

Llegó un muchacho con dos grandes canastas vacías, las tiró dentro de una lancha amarrada a un pequeño embarcadero de madera, y empezó a aflojar la amarra. Nico se acercó para ver lo que hacía aquel muchacho cuando éste saltó dentro de la barca.

—¡Tú! —le dijo el muchacho cuando se dio cuenta del interés con que lo miraba—. ¿Quieres ir conmigo a Janitzio?

—¿Dónde dices? —preguntó Nico, acercándose más.

—Allá, a la isla —y señaló con la cabeza hacia el centro del lago—. Voy a buscar pescados para traerlos aquí. Una hora y media nomás.

Nico se volvió hacia Orovolante, como para pedirle permiso.

—Átalo a aquel árbol, el caballo —dijo el muchacho de la barca.

«Éste sí que ve el caballo —pensó Nico—. Puedo fiarme de él pues.» Y contestó:

—No es necesario.

Bajó a la lancha. El muchacho recogió la cuerda de la amarra y empujó con el remo contra el embarcadero. La embarcación se balanceó y se alejó un poco de la orilla, entre los juncos.

—¿Te ayudo? —ofreció Nico.

—Agarra el otro remo, clávalo en el fondo y empuja.

Entre los dos, uno por cada lado, sacaron la lancha del juncal.

—Ahora, siéntate —dijo el muchacho.

Colocó los remos en el fondo de la lancha, y puso en marcha el motorcito, lo cual se hacía tirando dos o tres veces de una cuerda que tenía enrollada. Hecho esto, se sentó y tomó el timón.

—¿Cómo te llamas? —preguntó Nico.

—Me llamo Nacho. ¿Y tú?

—Nico. ¿Por qué me has invitado a ir contigo?

—Es aburrido ir solo. El patrón, el dueño de esta lancha

desvencijada, que compra y vende pescado, me manda allá muy seguido. Y, además, tú me gustaste.

—Tú también me gustas, Nacho.

Tenía unos ojos redondos, pequeños, negros y muy brillantes. Una cara redonda de labios carnosos, sonrientes, que le recordaba las caras que ríen del museo de Xalapa. Llevaba un sombrero de petate muy viejo sobre un pelo reluciente, mal cortado; iba despechugado, con una camisa de franela descolorida, sucia y rota.

La travesía le pareció corta a Nico, tanto le gustaba el paseo por aquel lago de agua rizada, verde y azul y dorada por el sol, con islas en medio —Nico veía tres islas— y espesor de árboles en las orillas.

Cuando atracaron en la isla y saltaron a tierra, llevando cada uno una canasta, Nacho señaló un amontonamiento de nubes grises hacia el lado de levante y dijo:

—Me parece que va a llover.

Dos calles en cuesta empezaban junto al agua. La isla era un cerro que surgía del lago, sin una pizca de tierra llana. Llegados ya bastante arriba, Nacho se detuvo ante la puerta de una casita, dejó las canastas y dijo:

—Preparen los pescaditos, ahorita vengo. —Y, volviéndose hacia Nico, añadió—: Vamos hasta la cumbre, quiero que lo veas.

En cinco minutos estuvieron arriba: una pequeña explanada con un jardincito y, en medio, una estatua enorme... Nico había visto, desde el lago, aquella estatua tan alta como diez hombres uno sobre otro.

—¿Quién es éste? —preguntó.

—Dicen que es Morelos.

Nico recordó que, en alguna lección de historia, se mencionaba a Morelos, creía que en la lección de la Independencia... Pero ahora no estaba muy interesado por la historia, y aquella estatua tan enorme no le gustaba. Prefirió contemplar el panorama, todo el gran lago, y las islas...

Bajaron y entraron en la casa donde habían dejado las canastas, que ahora estaban llenas de unos pescados menudos, secos. En el suelo había dos petates con más pescaditos extendidos, seguramente para secarse. Nacho se puso a hablar con un señor y una señora, tan sonrientes como él, en una lengua que Nico no comprendía.

—¿Qué hablan? —preguntó.

—Tarasco —dijo Nacho—. Aquí somos tarascos.

En un español deficiente, el hombre dirigió a Nico algunas palabras amables. La mujer acercó un par de cajones de madera y les ofreció:

—Siéntense.

—No, tenemos prisa —dijo Nacho—. Va a llover.

En efecto, el cielo se nublaba. Tomaron una canasta cada uno y salieron. Cuando llegaron a la lancha, caían algunas gotas. Y, poco rato después de haberse alejado de la isla, empezó a llover.

—Tendremos que taparnos. Aquí tengo un impermeable —dijo Nacho.

Lo que él llamaba «el impermeable» era un trozo grande de plástico con un agujero para meter la cabeza.

—A ver si llega para los dos.

—Yo tengo mi jorongo —dijo Nico—. Es grueso, no deja pasar el agua.

La lluvia se hizo espesa. Relampagueaba. El viento empezó a soplar, y se levantaron olas que hacían bailar la barca. Se oyó un trueno, y, sobre los bosques de la ribera, cayó un rayo. A la derecha, el sol se acercaba al ocaso y enrojecía el cielo.

—Pronto llegaremos —dijo Nacho.

Pero, de repente, el motor empezó a toser, a hacer chup-chup, chup-chup, lentamente, como si tuviese asma, y se paró. Nacho tiró de la cuerda, jalaba y jalaba, una vez y otra, y otra, pero el motor no se ponía en marcha.

—Ahora sí que esto nos friega. Y estamos lejos todavía... Y no se ve ni una embarcación en todo el lago.

Nico miró alrededor y el panorama le pareció tétrico. Las olas eran ahora más altas. La barca, parada, se balanceaba mucho y daba sacudidas violentas. El agua se oscurecía, las nubes eran negras, el sol tocaba ya la tierra, pero lo cubrían brumas que transparentaban su resplandor rojo; la lluvia azotaba con fuerza, llenaba el fondo de la embarcación, los rayos, ya sobre el lago, rasgaban el aire tenebroso sin cesar, el viento soplaba con fuerza... Nico sintió miedo.

—¿No podemos remar? —preguntó con la voz temblorosa.

—Tardaríamos horas. Pesa esta lancha.

Seguía esforzándose por poner en marcha el motor. Un momento, la máquina dio un chasquido, pero nada...

—Pronto será de noche —dijo Nico.

La idea de que se les hiciera de noche en medio del lago, en plena tormenta, todavía le asustaba más.

—Probemos a remar. ¿Lo hago yo? Mientras, tú tratas de arreglar el motor.

—No, espera. Me parece que ahora marchará.

En efecto, los chasquidos se sucedieron y la barca avanzó. Con la esperanza renacida, Nico se sintió algo aliviado de su miedo.

Entonces, se desencadenó la tormenta con más fuerza. El agua caía del cielo como una inmensa cascada. La barca saltaba y crujía. «Esta lancha desvencijada...» había dicho el chamaco. Tres o cuatro rayos cayeron a la vez, y los truenos se hicieron ensordecedores.

El motor empezaba a carraspear otra vez. Se paraba un momento, volvía a marchar, funcionaba a sacudidas.

Ya se había puesto el sol. Sólo quedaba una leve claridad.

Por suerte, la tormenta menguaba ahora, ya desahogada. Sí, los relámpagos eran menos frecuentes y se alejaban, la lluvia disminuía, el viento no soplaba con tanta furia, hacia levante las nubes se aclaraban.

Nico perdía el miedo. Pero, entonces, el motor volvió a pararse, y Nacho a forcejear y no poder ponerlo en marcha. Las olas todavía eran grandes.

Pero el muchachito vio que, a poca distancia, empezaban los juncos de la ribera. Pensó que, si la lancha se hundía, podrían llegar hasta ellos nadando y entonces ya tocarían el fondo con los pies.

No fue necesario. La lancha desvencijada aguantó y el motor, resollando y rezongando, terminó por llevarlos a tierra.

Ya no llovía, aparecían algunas estrellas, a pocos metros había luces. Y Orovolante esperaba en el embarcadero.

—Te llevaré a caballo, hasta donde quieras —ofreció Nico a su compañero.

«¿Cómo lo tomará Orovolante?», pensó. Pero el güerito lo tomó bien.

Y, así, los dos muchachos, con las canastas llenas de pescaditos secos, entraron en las calles de Pátzcuaro montados en el caballo.

PEQUEÑO Y DE MAL GENIO

Ya todo había quedado atrás, el lago, Nacho, Pátzcuaro. ¡Tantas cosas dejaba atrás! ¡Y tantas otras tenía Nico por delante!

Galopaban. Pasaron sin detenerse por un pueblo que tenía un nombre de trino de pájaro: Tzintzunzan.

—Tenemos que ir de prisa ¿verdad, güerito? —dijo el muchacho.

Pasaron por Santa Clara del Cobre, el pueblo donde a martillazos forjaban ollas, jarras, cazuelas, platones, del color de oro bermejo del cobre.

—¡Orovolante, ahora lo recuerdo! Tengo que ver el Paricutín, se lo prometí a aquel señor de Orizaba.

Orovolante se desvió inmediatamente del camino que seguía. Saltó de una a otra cumbre, y bajó a una llanura. Detuvo el galope y avanzó despacio. En medio de la llanura, veía Nico un cerro pelón que parecía una roca, con alguna mancha de verdor tan sólo; por encima de su cumbre desmochada, flotaba una leve neblina humosa.

—Éste, pues, es el Paricutín. ¿Verdad que sí, Orovolante? El volcán jovencito, que sólo tiene treinta años.

El caballo iba caminando en dirección al volcán.

—Es chico, éste, comparado con los otros que conozco. Sí, es pequeño, pero se ve que tiene mal genio. ¡Echa humo! No quiero acercarme demasiado a él, porque si se enoja...

Orovolante se detuvo. Entonces, Nico se quitó el sombrero y dijo en voz bien alta:

—Paricutín, te saludo de parte de Tomás, que te vio nacer.

—¿Es esto el mar? —preguntó Nico, cuando el caballo se detuvo ante una gran extensión de agua que llegaba hasta el horizonte.

Se fijaron en él unos hombres que, de pies en el agua, estaban jalando unas cuerdas; oyeron lo que decía, y se echaron a reír. Uno de ellos dijo:

—¿El mar? Muchacho, ¿no sabes dónde estás? Esto es el lago de Chapala. Baja, que te puedes descalabrar.

A Nico le extrañó aquella advertencia. Se había apoyado en la gruesa rama de un árbol que le llegaba al nivel del hombro... En seguida, comprendió: los hombres no veían al caballo bajo él y creían que estaba colgado del árbol por un brazo. No les aclaró nada, saltó al suelo y se acercó al agua.

Sí, ahora lo veía. Veía las dos orillas, a la derecha y a la izquierda; sólo que en el otro extremo del lago no se veía tierra, tanta era su longitud. Además, que aquella agua no era salada lo demostraba la gran cantidad de jacintos que la cubrían en gran parte. Nico recordó los del Papaloapan, los que le habían hecho una balsa para navegar río abajo. Puso un pie sobre los que tenía más cerca, pero las plantas se separaron y el pie se le hundió; probó con el otro pie, y sucedió lo mismo.

—¿Qué haces, chamaco? ¿Acaso quieres bañarte con ropa y todo? —dijo uno de los hombres de la cuerda.

—Quería caminar por encima de esto —contestó Nico.

Los hombres se echaron a reír otra vez.

—¡Qué chamaco tan raro! ¡Primero se cuelga de las ramas de los árboles, y, luego, quiere caminar por encima de los jacintos!

—Es que se ve esto tan bonito. Parece una alfombra que flote.

—Muy bonito, pero quisiéramos que se perdiera la raza de estos malditos. ¡El daño que hacen!

—¿Qué daño?

—Pues no dejan pescar, no dejan moverse las lanchas, las sujetan... Y están invadiendo todo el lago. Ahora, el gobierno se ocupa de esto, anda gastando miles y miles para destruirlos.

—Entonces, no se preocupen. Bueno, ¡adiós!

Se alejó a pie, al lado de Orovolante, y no montó en él hasta que los hombres no pudieron verle.

Galoparon por la orilla del lago, le dieron la vuelta y llegaron a una aldea de la ribera donde se celebraba una fiesta. En medio de un gran círculo de gente que miraba, había tres parejas que bailaban al son de un música alegre y dulce cuyo repiqueteo era contagioso: tatarata-tarata-tarata... El muchacho de Chalco, que se había introducido hasta la primera fila, seguía el ritmo sin darse cuenta, dando golpes de tacón en el suelo. Las mujeres de las tres parejas llevaban faldas bordadas, anchas y largas, que revoloteaban al girar; los hombres, vestidos de blanco, bailaban con las manos juntas en la espalda.

—Tatarata-tarata-tarata... —canturreaba Nico.

—Te gusta, ¿no? —le dijo una muchacha que estaba a su lado.

—Sí. ¿Qué baile es éste?

—¡El nuestro, hombre, el jarabe tapatío!

—¿Tapatío? —repitió Nico—. Qué nombre tan chistoso.

—A esta parte de Jalisco, se la llama la tierra tapatía —aclaró la misma muchacha.

Nico se entretuvo un rato mirando a los bailarines. Después, volvió al lado de Orovolante. Subió en él y se fueron, tierra adentro, por terreno llano y poco arbolado.

—Así que estamos en Jalisco —dijo Nico a su caballo; ya se había acostumbrado a conversar con él—. Es cierto que la gente de Guadalajara tiene el nombre de tapatía, ahora me acuerdo, creo que la maestra nos lo dijo el año pasado cuando, en la fiesta de la escuela, los pequeños bailaron el jarabe. Bien, ahora encontraremos Guadalajara seguramente; debe ser la ciudad que se adivina allá lejos. ¡Cómo corres, Orovolante! Y no te acercas a la ciudad, diablillo...

UNA CARRERA POR LA SIERRA

Se adentraron en la sierra de Nayarit, donde hay pueblitos sin carreteras que los comuniquen con el mundo, donde viven los indios de raza cora, con su antiguo lenguaje y sus costumbres, sus vestidos de colores vivos, donde los hombres llevan largas trenzas («como las mujeres de otros lugares», pensó Nico). El caballo no se detenía en ninguna parte, quizá creía que el muchacho no se entendería con aquella gente; pero no tuvo más remedio que detenerse cuando Nico, a la salida de un caserío, saltó al suelo mientras el caballo andaba. Es que acababa de fijarse en un hombre que le miró con curiosidad, un hombre joven, de aspecto robusto, brazos musculosos, piernas largas y fuertes como troncos de árbol, que iba descalzo. Estaba cargándose un gran fardo en la espalda. No llevaba trenzas, pero tenía el pelo largo hasta el cuello.

—¿Quieres que te ayude? —le dijo Nico.

El cora soltó una leve risa, mostrando los dientes blancos y hermosos.

—¿Ayudarme tú, chiquito?

—¿A dónde vas, tan cargado?

—¡Oh, muy lejos! ¡A Tepic! ¿Sabes dónde está?

—No.

—La capital nuestra, de aquí, de Nayarit. Llegaré allá en cinco horas.

—¿Para qué vas?

—Soy el mensajero, el recadero, es mi oficio. Voy allá todas las semanas. Llevo los encargos de la gente de estas aldeas, les hago las compras que me piden; vuelvo mañana, también cargado.

—¿Puedo ir contigo a Tepic? ¿Me dejas hacer el camino contigo? —pidió Nico.

—No podrás seguirme, manito, no podrás correr como yo.

—Iré a caballo.

—No, no podrás. Una vez, unos señores ricos me regalaron un caballo para que no me cansara tanto. Lo probé y tuve que devolverles el caballo, porque tardaba demasiado.

El caballo no trepa como yo ni puede pasar por donde yo paso.

—El mío podrá. Déjame probarlo.

—Prueba lo que quieras. Me voy, tengo prisa.

Pero Nico, montado en Orovolante, siguió al veloz mensajero en su carrera por la sierra, subiendo y bajando riscos, a través de los bosques, sin perder terreno. Por fin se detuvo el cora, asombrado, y dijo:

—Nunca había visto un caballo capaz de hacer esto. ¿Quieres vendérmelo?

—Imposible —respondió Nico—. ¿No comprendes que no es de los que se venden?

—¡Si pudiese conseguir uno igual!

—Podrías si, como yo, te propusieras recorrer todo México. Pero no creo que lo consiguieras para llevar encargos; éstos no son caballos para hacer de recadero, nunca quieren pasar dos veces por el mismo sitio, son... ¿cómo te diré?... de las cosas grandes, cuando uno las desea con todas sus fuerzas.

—La sierra es muy grande —dijo el cora, sentencioso, moviendo la cabeza—. Todo México es demasiado grande. ¿Es hasta más allá de lo que se puede ver? —y señaló con un ademán toda la tierra que se divisaba desde la cumbre donde se hallaban.

—Sí.

—¿Y hasta más allá de lo que se ve al final de lo que veo?

—Sí.

—Y... ¿todavía más?

—Sí.

Entonces el joven se puso serio y, en tono de advertencia, dijo:

—Nuestros ancianos, que son sabios, dicen: «No pretendas llevar tu fuerza demasiado lejos; no sueñes en poder pasar los límites.»

Y echó a correr.

Al llegar a los arrabales de Tepic, Nico le perdió de vista, porque Orovolante menguó su galope para atravesar despacio la ciudad, sin detenerse. Por las calles se veía mucha gente como la de todas partes, pero también, entre ella, se veían algunos de aquellos indios de las trenzas, con aire curioso y azorado que a saber para qué negocios habían ido a la capital.

VER LA VERDAD

El caballo se había elevado y, veloz como nunca, corría por el aire, rodeado de una nube ligera. Era como cuando Nico voló montado en el quetzal, pero más rápido, mucho más rápido. El muchacho ni siquiera distinguía la tierra.

Finalmente, el caballo moderó su velocidad y descendió hacia una montaña.

En una hondonada había una reunión de hombres, sentados algunos en círculo, y otros de pie.

—Orovolante, no, no pases de largo —dijo Nico, tirando de las crines de su caballo—, quiero detenerme y acercarme a esos hombres. Hace ya dos días que no hablo con nadie de mi especie, y no puedo aguantar más.

A pesar de los tirones de las manos de Nico, Orovolante no se detenía del todo. Nico insistió:

—Yo soy una persona humana, no sé si lo sabes, güerito. Necesito comunicarme con otras personas humanas que me contesten con palabras iguales que las mías.

Se apeó del caballo y se acercó al grupo. Orovolante le siguió de cerca, y su hocico le rozaba la oreja, como si le vigilara.

—Buenos días —dijo Nico.

Todos le contestaron a la vez en tono bajo. Algunos de aquellos hombres masticaban algo, despacio, con los ojos entornados. Pero no se veía allí nada de comer.

—¿Están ustedes comiendo? ¿Qué comen? —preguntó el muchacho de Chalco.

Uno que estaba de pie, que tenía algunas canas, le contestó:

—El bien y el mal.

—¡Caramba! —exclamó Nico—. Eso es mucho... Y es misterioso. ¡Ah, ya sé, son hongos! ¿De los que hacen ver visiones?

—No, muchacho, no son hongos —replicó el hombre—
Es peyote.

—¿Peyote? ¿Qué es eso?

—¿Le explicamos? —preguntó el hombre de las canas a
sus compañeros.

Uno de los hombres sentados, que tenía muchas arrugas
en la cara, dejó de masticar. Cerró del todo los ojos, luego
los abrió, miró a Nico y respondió:

—Hay que instruir sobre las virtudes. Expliquemos.

Y el de las canas:

—Esto es una raíz. La de esas plantas, ¿ves? —Señaló, hacia abajo, hacia un campo bastante pelado donde, de cuando
en cuando, se veía una especie de cactos—. Hemos venido a
recogerlo, ahora es el tiempo, es la hora de adquirir las virtudes, el día de comer el peyote.

El de la cara arrugada ofreció:

—¿Quieres?

Nico dudó.

—¿Si lo como, veré visiones?

—No —contestó el hombre—. Pero... quizá veas la verdad.

—Pues sí, quiero.

—Siéntate, aquí, entre nosotros, con las piernas cruzadas.

Nico obedeció. Orovolante, que se había colocado detrás
de él, le soplaba los cabellos con su aliento. Uno de los hombres sacó algo de un morral, una cosa áspera, color de barro,
y se la dio.

—Mastica.

El muchacho empezó a masticar el pedacito de raíz. El
sabor no era ni malo ni bueno. No le hacía ningún efecto.
Cuando terminaba de tragársela, sin embargo, le pareció que
todo era más claro, como si el sol brillase más, o como si
las cosas tuviesen luz dentro de ellas.

—¿Dónde está la verdad? —preguntó.

—¿No la ves? —preguntó el hombre arrugado.

—No. Pero tampoco veo la mentira.

—Has comido poco. Espera un rato, y repite.

Repitió.

Ahora sí que todo era más resplandeciente; y, en algunos

lugares, la luz tenía los colores del iris. Las hojas de los árboles lanzaban reflejos, la tierra era de oro. El mundo era luminoso. Nico se sentía la cabeza sin peso, como si fuese de aire, pero sus piernas estaban más pesadas que nunca. Quizá no hubiera podido levantarlas. ¿Para qué tenía que levantarlas? Allí estaba bien, podría quedarse para siempre. Se sentía tan bien que quiso más peyote, y lo pidió. Ah, pero, en el momento en que lo tomaba, Orovolante le dio un golpe en la mano con el hocico y se lo hizo caer; luego le agarró la manga con los dientes, tiró de él y le obligó a levantarse.

Orovolante le arrastraba, le alejaba del grupo. Nico se volvió, le miró.

—Hoy eres más dorado, Orovolante —le dijo—. Pero no jales. Por lo menos, déjame montar.

El caballo tuvo que ayudarle, porque, aun aferrándose a las crines, Nico sentía las piernas tan pesadas y las rodillas tan descoyuntadas que no podía subirse. En cuanto estuvo sobre la grupa, el caballo empezó a avanzar con tal suavidad que parecía que no se moviese; Nico sólo sabía que corrían porque todas las cosas luminosas e irisadas pasaban muy rápidamente a uno y otro lado.

—La verdad eres tú, Orovolante —dijo Nico, riendo, casi cantando.

EL PESCADOR DE PERLAS

Y sin que Nico supiera cómo, llegaron a una tierra yerma. Ahora ya no le pesaban las piernas: era el mismo muchacho fuerte y sano de siempre. No sabía cómo habían recorrido el camino. Seguramente, habían volado dentro de la nube.

Después, subieron a unos cerros y, desde la cumbre, Nico vio la extensión del mar; bajaron hacia la costa, la siguieron, y pasaron por un pueblito de pescadores. Orovolante se detuvo. Ya sabía que el chamaco querría platicar y hacer preguntas, y, al parecer, se resignaba a ello: ¡no podía coserle la boca ni atajarle la curiosidad!

Aquella vez fue el maestro de la escuela con quien Nico se

topó y se informó. Por él supo que lo que tenía delante era el golfo de California, cuya travesía puede hacerse en un barco que sale del puerto de Mazatlán, una ciudad grande que no está muy lejos de donde se encontraban; pero el pasaje costaba tanto dinero...

Muchacho y caballo fueron siguiendo la costa, hacia el norte. A veces encontraban rocas, a veces una playa larga. Nico no dejaba de mirar hacia el otro lado, hacia el horizonte donde estaba aquella Baja California que no podía ver. De pronto, asió una oreja de Orovolante y le dijo:

—Oye, güerito... ¿No podrías dar un salto hasta el otro lado del golfo?

El caballo miró el mar y, luego, con la cabeza, dijo que no tres o cuatro veces

—¿No? ¿Es que tienes miedo, acaso?

«Sí, tendrá miedo —pensó Nico—. También un caballo de estos puede ser cobarde alguna vez. También, a veces, la voluntad se asusta de querer, o el pensamiento de imaginar. Y quién sabe si sería necesario un salto demasiado enorme para nuestras fuerzas.»

Le entristeció saber que hay cosas imposibles que él querría hacer. Cabizbajo, se dejó llevar; sólo de reojo miraba a la costa y el mar.

Orovolante andaba despacio, y Nico desmontó para seguir a pie.

Caminaba mirándose los pies que se hundían en la arena fina de aquella playa larga, lisa, donde sólo aparecían algunas rocas de cuando en cuando. Vio una sombra y levantó la cabeza. Parado ante una red extendida, entre una choza medio metida en la concavidad de una roca y una barca grande hecha de maderos viejos, negruzcos, encallada en la arena, había un viejo raro, alto, corpulento, vestido con ropas harapientas; sus pies, descalzos, eran anchos, negruzcos como la barca; tenía una barba gris muy larga y rala, el bigote caído, y el pelo largo hasta casi el hombro; su piel era morena oscura; los ojos negros, estrechos como dos grietas, brillantes y penetrantes, no miraban de frente, sino de través. El viejo, con una voz gruesa, pero clara le dijo:

—Te veo triste, chamaco. ¿Por qué?

«Parece un brujo; puede que lo sea», pensó Nico. Pero contestó:

—Estoy triste porque el mar es peor que una muralla. No se puede pasar a través de él.

—¿Quisieras pasarlo?

Nico se encogió de hombros. No tenía ganas de confesar su deseo.

—¿Es suya la barca? —preguntó.

—Sí.

—¿Es usted pescador?

—Soy pescador... de perlas.

La curiosidad y el interés por lo que el viejo acababa de decir hicieron que Nico ya no se fijara en su aspecto salvaje. Se acercó a él y preguntó, muy sorprendido:

—¿Perlas? ¿Eso se pesca?

Él había visto perlas (falsas, naturalmente) en el cuello de las mujeres, pero nunca se le había ocurrido que pudiesen pescarse como los peces.

—¡Claro! —dijo el anciano—. ¿No sabes que las perlas se hacen dentro de las ostras? Y las ostras, hay que pescarlas en el fondo del mar.

—¡Oh! —exclamó el muchacho, maravillado—. ¡Oh!... Y entonces usted, ¿es pescador de perlas?

—Bueno, lo era... De joven. Se necesitan fuerzas, músculos robustos y buenos pulmones para bucear y aguantarse en el fondo sin respirar. Ahora sólo puedo bajar al fondo con el pensamiento.

—¿Se puede con el pensamiento? ¿Y se ven cosas?

—Se ve la esfera transparente de las aguas y la luz verde, y las algas que se mecen y la arena que es de un verde más oscuro, y unas cosas como diamantes que flotan y se mueven... Tú puedes verlo también. Piensa y verás... Escucha... Respiramos profundamente; nos llenamos el pecho de aire, y nos zambullimos. Nadamos hacia abajo. Los pececitos huyen asustados. En el fondo están las ostras, distraídas, boquiabiertas. Cuando las agarramos, se llevan un susto y cierran de golpe la concha.

—¡Es fantástico! —Nico suspira—. ¡Y bien claro que lo he visto!

Calla, mirando al mar. Después, lo señala y pregunta:

—¿Aquí hay perlas, en el fondo?

—Aquí no —dice el viejo—. Están al otro lado, en la Baja California. Las había, por lo menos, cuando yo era joven. Yo nací allá...

Nico ve que el viejo mira con melancolía hacia el oeste.

—¿Lo extraña usted?

—No, porque mi pensamiento me lleva allá siempre que quiero. Tengo un pensamiento muy poderoso, yo.

Miró a Nico, sin volver la cara hacia él, con una intensidad que le hizo estremecerse. «Sí, es un brujo —pensó—, pero no parece malo.»

—¿Quieres que te lo muestre?

—¿Con el pensamiento, como el fondo del mar?

—No... no del todo... Con los ojos, de veras.

—Yo quería ir, pero no encontré el modo.

—Yo te acercaré en mi barca, te llevaré.

—¿Cuándo? —preguntó Nico ilusionado.

—Ahora, si quieres.

Nico acarició la cabeza de Orovolante, y dijo:

—Sí, pero tengo que llevar mi caballo.

—¡Ah, no! No quiero caballos en mi barca.

Nuestro muchacho se dio cuenta de que el viejo no veía al caballo. «Su pensamiento, pues, no es tan, tan poderoso», pensó. Astuto, se propuso embarcar al caballo sin que el pescador lo advirtiera, igual que había hecho con los marineros de Coatzacoalcos.

El viejo echó la red dentro de la barca.

—Ayúdame a vararla —dijo a Nico.

Ambos empujaron la barca hasta que ésta flotó. Entonces, saltaron dentro, y Orovolante, invisible para el viejo, saltó también.

—¿Sabes remar?

—Un poco —contestó el muchacho.

—Pues toma un remo. Avancemos un trecho, y desplegaremos la vela.

Remaron hasta encontrar la hondura suficiente. Entonces desplegaron la vela remendada, que se hinchó en seguida y, como soplaba un buen viento, la barca echó a correr.

ATALAYA DE AGUA

La barca seguía avanzando, en línea recta, hacia el oeste. La costa se veía ahora como una raya nebulosa; al poco rato, ni esto: únicamente, había el mar en rededor.

En medio de tanta agua, ellos dos solos, un niño y un viejo... (Y Orovolante, claro, pero en secreto.) ¡En verdad, producía una impresión...!

Quizás para animarse, Nico dijo:

—Usted tiene su pensamiento y yo tengo mi caballo.

El viejo se rió. diciendo:

—Será un caballo de pensamiento.

—¿Qué es eso? ¿Una isla? —preguntó Nico, señalando hacia adelante.

A cierta distancia, se veía una masa grisácea que surgía del agua. Y otra más allá. Y otras más pequeñas... ¿Rocas?

—Son ballenas, muchacho. Ya las verás mejor, ahora nos acercamos.

—¿Ballenas? Unos animales grandes, ¿no? —La voz de Nico temblaba un poco—. ¿No... no hacen daño?

—Ningún daño si tú no se lo haces a ellas. Aquí, dentro del golfo, no suele haberlas. Donde las hay es en el otro lado de la península, en el océano. Una vez, allá, ayudé a cazar una.

—¿Cómo se cazan?

—Con arpón. Cuando se les ha clavado el arpón, entonces sí que son peligrosas. Te hunden la barca con un golpe de cola, si pueden.

—No nos acerquemos demasiado. ¿Por qué no damos la vuelta? —dijo el muchacho, nervioso—. ¿Cómo es que hoy están aquí?

Iban derecho a ellas. Ahora se distinguían las ballenas, ya no parecían islotes. Se las veía moverse lentamente, calmosamente: dos muy grandes, dos pequeñas.

—No tengas miedo. Se habrán extraviado. O... —sonrió, enigmático— puede que yo las haya llamado. Por lo menos, he llamado a una. La necesito.

—¿Quiere usted cazarla?

—No. La necesito para una cosa que quiero hacer por ti.

—¡Por mí! —Nico se alarmó—. Por mí no tiene usted que molestarse. ¡Oh! ¡un surtidor!

De la cabeza de una de las ballenas se alzaban dos chorros de agua.

—Sí, las ballenas lanzan agua por la nariz.

—¡Demos la vuelta, demos la vuelta! —gritó el muchacho, asustado, porque seguían acercándose al animal.

La ballena detuvo sus chorros de agua y, seguramente porque vio acercarse la barca, huyó, seguida por las dos pequeñas. Pero la otra se quedó quieta.

—Aquella tiene miedo de nosotros; es la madre, que se lleva a sus hijitos. Ahora recogeremos la vela.

Nico se apresuró a ayudarle. ¡Qué más quería, sino detener la carrera!

Pero una vez recogida la vela, como la barca ya no avanzaba sin el impulso del viento, el viejo tomó los remos y bogó hacia la inmóvil ballena.

—Ahora, si eres valiente, la ballena te mostrará toda la Baja California.

El muchacho dijo que sí con la cabeza. No se sentía nada valiente, pero tenía muchas ganas de ver aquella tierra donde tan difícil era llegar.

Remando, remando, se acercaron más a la ballena, hasta que la barca le rozó el costado. Desde allí parecía una montaña, tan grande, tan inmóvil era.

—¿Ves? —dijo el pescador—. Está amansada. ¿Tienes miedo?

—No —contestó Nico.

Era mentira. Tenía miedo.

—Pues, ven.

El viejo agarró al muchacho y, ¿quién hubiese dicho que tenía tanta fuerza?, lo alzó hasta encima de la cabeza de la ballena. Nico, espantado, quiso retroceder.

—Si te asustas, no haremos nada —advirtió el viejo.

—No —dijo Nico, resuelto.

Y se dejó izar. Quedó sentado sobre el morro de la bestia.

—Pase lo que pase, no te asustes —dijo el viejo—. No más abre bien los ojos y mira.

—Sí.

La ballena abrió el surtidor. Un chorro ancho, espumante, cogió a Nico por debajo y lo alzó. Entonces, sí que tuvo pánico al sentirse levantado de aquella manera. Buscó desesperadamente donde agarrarse, pero sólo tenía a su alcance agua y espuma; agua y espuma, no obstante, que a su alrededor formaban una especie de baranda. Se dio cuenta de que estaba cómodamente sentado en el chorro tibio igual que sobre un cojín, que no le sucedía nada malo, y que iba subiendo, subiendo. Se tranquilizó. Recordó la recomendación del viejo: «Abre bien los ojos y mira.»

Miró.

Casi debajo de él las olas batían la costa mellada del oeste del golfo: las rocas y una isla, a la derecha de Nico; playa y playa, punteadas de islotes, a la izquierda, hasta el horizonte.

Ya no se elevaba más. Se inclinó sobre la baranda de aquella atalaya de agua. ¡A sus ojos se ofrecía todo el panorama de la península! Veía la otra costa, la del océano Pacífico que desde allí se extiende hasta el Asia. La península de Baja California es como un dedo delgado y nudoso, el meñique de la América del Norte estirado sobre el mar. Vio que hacia arriba había montañas boscosas que iban bajando como gradas hasta las tierras llanas del sur. También, al norte, en la costa del otro lado, vio dos puertos, dos ciudades. Más abajo, había una gran bahía con una isla en la entrada; y otra bahía todavía, y la punta del dedo rodeada de mar; de este lado, otro puerto en tierra llana encendida de sol. En aquella tierra llana del sur, había caseríos y manchas verdes de huertas y viñas.

La atalaya de agua fue bajando poco a poco, suavemente. La otra costa se perdió en el horizonte; el norte y el sur de la península también desaparecieron; sólo tenía delante una playa, que, a su vez, terminó por perderse de vista, y ya únicamente veía agua hasta que Nico se encontró de nuevo sentado sobre la cabeza de la ballena.

Se dejó deslizar por la piel resbaladiza hacia la barca, donde lo recibieron los brazos del viejo y el resuello de Orovolante. La ballena se sumergió.

La vela, hinchada de nuevo, les trajo a tierra.

EL FUEGO DEL NORTE

Volaban a ras de tierra, por un desierto lleno de polvo y cactos. Todo era ardiente, el fuego del sol caía a plomo y hasta el aire quemaba. No menguó el ardor cuando encontraron, en medio del desierto, inmensos campos sembrados; las patas de Orovolante rozaban las espigas de ajonjolí, y las agitaban como si sobre ellas pasara una brisa.

¡Árboles! Parecía un milagro. Árboles y agua. ¡Un río! Orovolante lo saltó y se detuvo. Acalorado y sediento como estaba, Nico se lo agradeció con un beso, se apeó, se agachó junto al agua, se mojó la cabeza y la cara y bebió; después, respiró con satisfacción, y se tendió a la sombra de los árboles. Pero pronto se levantó, quería ver lo que había a su alrededor.

Los árboles terminaban en seguida y empezaba otro gran campo de ajonjolí. Y aquello de allá, ¿qué era? ¿Una máquina? ¿Un molino? Era una cosa con dos grandes palas horizontales... Había dos hombres vestidos de blanco, uno flaco, el otro gordo. Aquellos hombres le explicarían qué era aquella máquina. Ya sabemos que, con uno u otro motivo, Nico tenía que acercarse a la gente y curiosear y platicar.

—¡Hola, chamaco! —le dijo el hombre gordo, que debía ser rico, porque llevaba anteojos oscuros, camisa blanca de manga corta, reloj de pulsera, sombrero de palma fina y botas de cuero, no huaraches como el otro.

—Buenos días —contestó Nico—. ¿Podría usted decirme para qué sirve eso, esa máquina?

—¿Eso? Para volar. Es el helicóptero.

—¡Ah! Nunca había visto ninguno en tierra. ¿Puedo acercarme a él?

—Sí, hombre, no muerde.

Nico se acercó al aparato, dio dos vueltas en torno de él, mirándolo todo; después, tendió la mano hacia una de las patas de hierro, pero no se atrevió a tocarla.

—¿De dónde eres, muchacho? —le preguntó el señor gordo—. ¿De allá, de la hacienda? Está lejos. ¿Cómo viniste?

—No, no soy de ninguna hacienda. Vengo de más lejos todavía. Viajo.

—Ah, vaya, ¿con que viajas, eh? ¿Y cómo viajas?

—Como puedo. Hasta he ido en barca.

—¿También en avión?

—No, eso no. Pero... casi.

El gordo se dirigió al otro hombre y le dijo:

—Es vivo el chamaco. Aunque cuente mentiras, tiene gracia.

Nico fingió no oír que lo tomaban por embustero. Comprendía perfectamente que su historia del viaje era difícil de creer.

—¿Te gustaría ir en helicóptero?

—¡Oh, sí, mucho!

—Pues te invito a volar en el mío. Te dejaré cerca de tu casa, si quieres.

—No voy todavía a la casa. Tengo que viajar más. Déjeme donde tenga usted que ir.

—Yo voy a Monterrey.

—¡Suave! Todavía no he estado allí.

—¿Tus papás te lo permitirán?

—No tengo papás. Sólo abuela y tío y un hermanito. Y una maestra muy buena, que me quiere; ella ya sabe que estoy viajando.

El otro hombre, que había permanecido callado, dijo entonces:

—Puede que haya algo de verdad en lo que dice.

—Bien, pues —dijo el gordo—, si quieres ir conmigo, vamos. Pero una vez llegados, tú te las arreglas, ¿eh? Yo no quiero saber nada, te dejo allá y basta.

—Sí, señor, sí —contestó Nico, excitado. Pero en seguida dudó, pensando qué diría Orovolante de aquello, y balbuceó—: Es decir, verá usted...

105

—¿Qué? ¿No te decides?

Nico se volvió hacia el caballo, que estaba detrás de él; y el caballo le dio un golpecito suave en la espalda, empujándolo, como si le animara.

—Sí, señor —dijo el muchacho con firmeza.

—Vamos, pues.

El gordo subió primero: era el amo y el piloto. Le siguió Nico, tan emocionado que las manos le temblaban cuando las puso en el dintel de la carlinga. Luego subió el hombre calzado con huaraches. Orovolante se instaló debajo, sobre los travesaños de hierro que sostenían las ruedas.

Rugió el motor y se elevaron, aunque no mucho; volaron por encima de los sembrados. Los dos hombres miraban los campos y hacían comentarios: que si aquí las espigas eran más gordas, y allá no habían crecido tanto, que si este trecho sería el primero que segaran... Nico lo miraba todo.

—¿Ves? —le dijo el amo—. Todo este ajonjolí es mío.

—¿Y eso? —preguntó el muchacho, al ver una extensión de terreno con otra clase de plantas, que no eran espigas, sino arbustos.

—Eso es algodón. Un campo chico. Es una prueba que hacemos.

—¿Algodón? ¿Algodón como el que sirve para curar heridas?

—Sí, hombre, sí, y para tejer también, para hacer los pantalones y la camisa que tú llevas.

—¿De ahí sale? ¡Parece mentira!

—De las flores de esta planta. Cada flor, cuando las tienen, ahora no, es un copo de algodón.

—¡Qué lindo debe ser!

El helicóptero se elevaba ahora. Llegaban a las montañas y era necesario subir para pasarlas. Algunas eran muy altas; Nico las veía por encima de donde estaban ellos, porque el helicóptero pasaba entre las cumbres, por los collados.

—Mira, Monterrey —dijo el piloto, señalando la ciudad que se extendía en medio de un círculo de montañas.

Aterrizaron en una explanada, no muy lejos de unas casas. Orovolante saltó antes de que tomasen tierra, y esperó.

Nico bajó de la carlinga con aire de triunfador. Eso de haber volado en helicóptero le hacía sentirse muy importante.

LA SIERRA INMENSA

Habían atravesado la ciudad de Monterrey, grande, moderna, florida, pero con un calor tan agobiante...

—La Silla... —dijo Nico, mirando hacia las cumbres próximas—. ¿Oíste, güerito, lo que dijo aquel señor? Esa montaña más alta se llama la Silla, porque, ¿ves su cumbre? ¿la ves?, tiene un mellado en forma de silla de montar.

Se alejaron de la ciudad. Después de atravesar el círculo de montañas, ya en pleno campo, en la llanura, Orovolante emprendió aquella su carrera de flecha. Pasaron naranjales, atravesaron pueblos. Enfrente se elevaba la sierra, como una muralla enorme que iba acercándose; y cuando estuvieron en su misma falda, los peñascos se alzaban sobre ellos como si llegaran al cielo.

¡Iban cuesta arriba, al galope! Por encima de despeñaderos, de abismos que daban vértigo; veían aldeas agarradas a la agarradas a la montaña, entre las rocas y la vegetación espesa. ¡Arriba!

Cuando Orovolante se detuvo, Nico miró hacia atrás y a los lados: Montañas y montañas por todas partes, descendiendo en escalera hasta el horizonte. Un mar de montañas.

—¡Ay, mamá, qué inmensa es la Sierra Madre! —exclamó el chamaco, y no precisamente en tono de broma, pues aquello le impresionaba de veras.

Aunque inmensa, la montaña se acababa. En un par de brincos, Orovolante se desvió hacia el oeste, y dejó la sierra.

¿Han oído ustedes hablar de los aviones supersónicos? Supersónico quiere decir correr más que el sonido, es decir, que si das un grito desde la cumbre de una montaña y te vas corriendo, llegas a otra cumbre y después oyes el grito. Pues así corría Orovolante, supersónicamente. Nico entró y salió de dos ciudades, atravesó grandes campos de fresas —¡sin poder probar ni una!— y la región de las Mil

Cumbres —había tantas montañas verdes, frondosas... puede que sí que fueran mil—. No se detuvieron en ninguna parte.

—Oye, Orovolante —dijo Nico—, esto no me gusta. Corremos como endemoniados. No, no, así no; yo tengo que ver y, además, conocer.

No supo si Orovolante le había entendido, porque seguía a la misma velocidad.

¿Acaso se le acababa el tiempo al caballo güerito? ¿Acaso tenía la vida corta? Esa idea le angustió.

EL CABALLO SE ESFUMA

En la cima del collado Orovolante frenó su carrera, moderó el galope. Avanzó todavía un poco, con un pequeño trote nervioso. Cuando llegaron a la ladera que baja hacia el valle, empezó a andar al paso. Iba despacio, cada vez más y más despacio, diríase que sin ganas, o con miedo.

—Orovolante, ¿qué te pasa? —le dijo Nico, impaciente—. ¿Estás cansado? Camina, camina más de prisa. Mira, ya se ve el valle, el valle de México. Ándale, camina, que vamos de bajada, no cansa...

El caballo bajaba la cabeza y vacilaba a cada paso, parecía a punto de detenerse y echarse. Nico le acarició el cuello y le habló afectuoso, con tono persuasivo.

—Ándale, güerito, que tengo que ir a la capital de México. Ya estamos cerca.

El caballo hizo que no con la cabeza.

—Llévame, no seas terco. ¿No comprendes que, después de haber visto tantas cosas, no es posible quedarme sin ver la capital del país?

El caballo se detuvo del todo y dijo que no, que no, moviendo la cabeza de un lado a otro.

Abajo se veía la extensa ciudad, medio difuminada en la neblina de la tarde.

—¡Mira! —gritó Nico al advertirlo—. ¡Es México, es la ciudad de México! ¡Pronto llegaremos! —Y suplicó—: Camina, güerito...

Orovolante no se movía. Y Nico estaba decidido a llegar a la ciudad. Habría seguido a pie de no ser porque se acercaba la noche y tenía miedo de encontrarse solo en pleno campo, en la oscuridad

—Orovolante... —volvió a rogar—, por favor... camina... Quizá no te gusten las ciudades grandes, pero tengo que ir. Por lo menos, llévame hasta donde empiecen las casas y entonces, si quieres, déjame y espérame allí; sólo el tiempo de ver lo más importante y regresaré en seguida. Ándale, no seas terco. ¿Es que no me quieres, pues?

Esta queja debió llegarle al corazón, porque el caballo se puso a caminar.

Había aún un poco de luz del día azulosa y rosada cuando, en un momento, se encendieron todas las luces de la ciudad. De tan maravillado, Nico sintió que se quedaba sin aliento ante aquel llano cubierto de puntitos de luz brillante, que, inmenso, se extendía hasta donde alcanzaba la vista...

Bajaron despacio. Conforme descendían, menos extensión de luces se veía, pero las primeras se les acercaban, parecían más grandes y más resplandecientes; hasta que también los dos se encontraron entre luces, en una ancha calzada lisa.

Las primeras casas estaban separadas unas de otras. Nico temió que Orovolante le dejara allí, pero no, siguió avanzando.

Se detuvo cuando las casas se sucedían en línea continua, sin espacios baldíos, y la calzada se convertía en avenida urbana con árboles e hileras de flores.

Se detuvo y quedó inmóvil, con la cabeza agachada. Nico comprendió que ya no podía pedirle nada más. Se apeó. Hizo una caricia al caballo y le dijo:

—Gracias, Orovolante. Espérame. Volveré tan pronto como pueda.

Cuando hubo dado algunos pasos, se volvió: Orovolante ya no estaba allí.

No es que hubiese huido. Simplemente, ya no estaba.

Nico vaciló, estuvo a punto de retroceder, de ponerse a gritar, pero no lo hizo. Presentía que sería inútil.

Siguió caminando, pues. Triste, muy triste.

YA ES UN HOMBRE

Nico no había llorado.

Había retenido las lágrimas, a pesar de que nunca había sentido tanta tristeza. ¡Haber perdido a su caballo! Para siempre, le parecía. No lo vería más, acaso nunca más...

¿Nunca más?

Y bien, tendría que caminar con los pies en el suelo, como todos los hombres.

Sintió que empezaba a ser un hombre, y avanzó con más firmeza. Sólo que, en voz baja, se preguntó:

—¿Los hombres no encuentran, alguna vez, caballos que se puedan llamar Orovolante?

No sabía contestar a esta pregunta, pero, en cambio, dijo:

—Sé andar solo, como un hombre.

Y siguió adelante, con paso fuerte, rápido y decidido.

Camina que camina, llegó a un lugar de mucho tránsito, a un cruce de tres anchas avenidas. Venían vehículos en todas las direcciones y tuvo miedo de atravesar. Estaba fatigado. Se séntó en el poyo de una tienda ya cerrada —todas las tiendas que se veían ya estaban cerradas—. Tenía hambre. Recordó que, en los últimos días, durante la rápida excursión por montañas, llanos, ciudades y aldeas, montado en Orovolante, no había comido ni había sentido deseos de hacerlo. Pero ahora, sin que lo llevase ningún prodigio, solo y montado en sus piernas, necesitaba comer como todo el mundo.

Nico se puso a reflexionar seriamente, como un hombre. ¿Qué haría?

Un poco más lejos en la avenida vio el letrero luminoso de un restaurante; esto le dio la idea de que podía buscar la solución que ya había encontrado una vez, en Coatepec, cuando también Orovolante le había abandonado.

Encontró la entrada de la cocina del restaurante e hizo la proposición de ayudar a lavar platos a cambio de comida. Pero, no, no dio resultado. Le dijeron que no necesitaban a ningún ayudante, que ya tenían bastantes. Pero el cocinero debió darse cuenta de que Nico olfateaba con ansia de fa-

mélico los buenos olores de la cocina y acaso se compadeció
de él porque, señalando una cazuela, dijo a una muchacha
que llevaba un delantal blanco todo manchado de grasa:

—Dale un poco de eso, y que se vaya.

Nico, con un par de tortillas llenas de guisado, se escurrió
de prisa a la calle y buscó un rincón donde comérselas.

Satisfecha la primera necesidad, se dijo:

—Y ahora, ¿qué? Ahora necesito dormir. Mañana veremos.
A buscar un lugar, ahora, donde cobijarme.

Se levantó y echó a andar. Llegó a una calle de poco tránsito. Y tuvo suerte: encontró un autobús que parecía descom-
puesto, con las luces apagadas y sin nadie dentro. Subió, se
acostó sobre un asiento del fondo y encogió las piernas para
cubrírselas con el jorongo.

PRIMER DÍA EN LA CIUDAD

Los faroles estaban aún encendidos, pero ya empezaría el
día porque se veía un poco el movimiento de los madrugado-
res. Nico se frotó los ojos, miró a través del cristal de la
ventanilla. No había nadie que vigilase el autobús. Bajó. Ya
amanecía. En la esquina se abrió una puerta de hierro, y
hasta las narices de Nico llegó un olor de pan caliente. Era
una panadería y hacia ella se dirigió Nico, a comprarse un pan.

Fue comiéndolo mientras caminaba. Ahora sólo tenía un
propósito: encontrar trabajo.

Aparecieron los barrenderos en las calles, con sus carre-
tillas. «He ahí un trabajo que yo podría hacer», pensó Nico.
Y en seguida se acercó a uno de aquellos hombres y le dijo
que querría trabajar como él, barriendo las calles. ¡Uh! No era
nada fácil, según le explicó el hombre. Había que ir a unas
oficinas, quién sabe dónde, y hacer una solicitud...

¡Caramba, caramba! ¿Cómo lo haría? Estaba un poco
desorientado. Ya había caminado mucho y no sabía dónde
estaba, ni a dónde podía ir. Le quedaban muy pocos centavos. ¿Qué haría? ¡Ah, qué terrible era no tener a Orovolante!

Se hallaba en una plaza con una fuente en medio completamente rodeada de flores. Las aceras eran anchas, había tiendas con bellos escaparates, cafés... En la puerta de un café, un muchacho como Nico, cargado con una caja de limpiabotas, ofrecía sus servicios a los señores que pasaban. El chamaco de Chalco se sintió animado a dirigirle la palabra.

—¿No encuentras clientes? —le preguntó, sonriendo.

El bolerito también sonrió. Tenía los ojos vivos y una expresión amistosa.

—Todavía no —dijo—, pero ya vendrán. ¿Tú qué haces?

—Busco chamba.

—¡Ah! ¿Dónde vives?

—En Chalco.

—¿Está lejos?

—Un poco. ¿Tú eres de aquí?

—Sí, yo nací aquí, en la ciudad de México.

—¿Es divertido bolear zapatos?

—Tanto como divertido, no, pero se ganan centavos, y uno se pasea.

—Me gustaría hacerlo. ¿Crees que yo podría?

—Claro que sí. Te compras una caja y haces como yo.

En aquel momento se presentó un cliente. El muchacho se agachó en el suelo, esparció sus útiles y se dispuso a convertir en espejo los zapatos polvorientos.

—¿Te ayudo? —ofreció Nico.

—Sí. Destapa la botella. Ahora la caja. Dame el cepillo...

El bolero tomaba un aire de importancia dando órdenes a su ayudante, y consiguió una buena propina.

Cuando terminaron, Nico dijo:

—Yo no tengo plata para comprame una caja. Solamente tengo esto, ¿ves? —mostró el puñadito de centavos que se sacó del bolsillo—. ¿Qué crees que podría hacer para ganarme la comida?

—Pues... Podrías ir al mercado y llevar las canastas de las señoras.

—Está bien. ¿Dónde está el mercado?

—Hay muchos, pero es un poco tarde, ahora; cuando llegues, ya no encontrarás compradoras para ayudarles a llevar sus bultos. ¿Dónde vas a comer, hoy? ¿Dónde vas a dormir?

—No lo sé.

—Si quieres, ayúdame durante todo el día, como hiciste ahora, y después, puedes ir a dormir a mi casa. Mañana te llevaré al mercado de la Merced, donde podrás trabajar.

Dicho y hecho. Los dos muchachos pasaron el día juntos, se contaron muchas cosas, se hicieron amigos. Nico habló de sus viajes, dio a entender como pudo que había recorrido el país por medios prodigiosos. El limpiabotas le creía a medias, pero escuchaba boquiabierto. Él iba mostrando a Nico las cosas asombrosas que hay en la capital de México, los jardines, los rascacielos. Dieron muchas vueltas, tomaron autobuses, comieron tacos —el bolerito pagaba—, limpiaron muchos pares de zapatos.

Nico se hacía un lío con todo lo que había visto, lo mezclaba todo. Su amigo el bolero —que se llamaba Crispín— había estado diciéndole nombres de calles, llamándole la atención sobre cosas notables, los rascacielos de cuarenta pisos, aquel monumento tan alto con un ángel dorado encima, que, hacía algunos años, le explicó Crispín, se había caído en un terremoto fuerte.

Ya de noche se metieron por calles estrechas y, finalmente, llegaron a la planta baja cavernosa de una vieja casa, donde vivía Crispín. Estaban la mamá, el papá, los hermanos, una tía, dos primitos... Nico fue bien recibido: ¡uno más no importa! Comieron de prisa y los dos amigos compartieron el petate.

NO HAY MAGIA

En el mercado había un barullo enorme, un ir y venir con empujones que aturdían. Cierto que también así sucedía en Chalco el día de mercado, pero éste de la capital era diez veces mayor y más complicado. Por las calles de los alrededores Nico se perdía, entre tantos almacenes y tantos camiones que cargaban y descargaban. A pesar de todo, supo espabilarse. Todas las mañanas se ganaba un buen jornal llevando fardos, bolsas y canastas. Después, se encontraba con Crispín y juntos iban a ver cosas de la ciudad, mientras boleaban zapatos.

Todos los lugares eran igualmente aturdidores, excepto los parques. En el Bosque de Chapultepec gozaron de una hora de calma bajo los grandes árboles que tenían mil o dos mil años, los ahuehuetes. Para Nico, tocar aquellos troncos verdosos de musgo, duros de tanto vivir, fue sentir como si todavía estuviese haciendo el maravilloso viaje con el caballo dorado. ¡Ay, el mágico Orovolante, ya perdido! Aquí, en la gran ciudad, donde un pobre muchachito campesino se siente pequeño, pequeño, todo es siempre visible, todo es sólido, todo puede tocarse, y no hay misterios, no hay caballos dorados... ¡No hay magia!

Ni tan siquiera en el metro, por más que corra como un endemoniado bajo tierra, porque de esto uno no se da cuenta. Ni tan siquiera en el museo...

Fueron al museo una tarde de domingo. Y sí le impresionó: la entrada, inmensa, con aquella agua que cae como una cascada redonda del altísimo techo, y las grandes estatuas extrañas dentro de las salas, sobre todo la que está hecha de serpientes y calaveras que se llama Cuatlicue, que daría escalofríos si no estuviese expuesta en un lugar tan civilizado, quieta sobre un pedestal de madera, entre la gente que circula, iluminada por reflectores eléctricos; y la Piedra del Sol, o sea, el calendario azteca: ¿cómo lo harían, se preguntaba Nico, para saber qué día era en aquellos círculos de signos y figuras?

—¿Sabes, Crispín? —dijo Nico a su amigo—. Yo tengo que regresar a la casa. Puede que ya tenga bastante dinero para el pasaje del camión.

¿SIEMPRE?

Camino de regreso, como un pasajero cualquiera, apretujado entre la ventanilla y una mujer gorda que llevaba una canasta sobre las rodillas, Nico pensó tristemente en Orovolante. ¿Acaso volverá algún día con él, el caballo dorado? Pue-

de que sí... Quizás el día que Nico encuentre otra vez la hierbita «verafantasía»...

Saltó del autocar y corrió a su casa. Era al atardecer. La
abuela daba de comer a los pollos y Tico la ayudaba: ni siquiera volvieron la cabeza al entrar él.

—¡Ya vine, abuelita! ¡Ya vine, Tico! ¡Vi muchas cosas!
—dijo Nico, excitado.

La abuela, sin mirarle, replicó indiferente:

—¿Ah, sí? Ve a meter el becerro, ándale.

¡Qué extraño era aquello! Nadie parecía sorprendido por
su llegada ni preocupado por su larga ausencia. Como si hi-
ciese una hora que se había marchado.

Bebieron café, comieron pan dulce, y se fueron a dormir,
todo igual que siempre.

A la mañana siguiente, Nico se fue a la escuela. Y allí
tampoco nadie parecía haberlo echado de menos.

Lección de gramática. La maestra hablaba:

—El pretérito es lo que ha pasado. Por ejemplo: Nico voló.

Nico sintió que el corazón le daba un salto al oír eso. Pero
la maestra, como si nada, seguía hablando:

—El presente es lo que pasa ahora. Ejemplo: Xóchitl
mira y habla... El futuro es lo que vendrá: Lupita será una
mujer.

La maestra callaba; hojeaba un libro. Nico se inclinó hacia
Lupita para decirle:

—Es cierto que volé, Lupita. Vi todo el país. ¿Lo crees?

—¿Por qué no he de creerte, Nico? —dijo la vocecita de
la amiga, dulce y confiada.

—Es cierto que tú te harás grande y serás una mujer, y
serás buena y la vida será buena a tu lado.

-Tú eres bueno, Nico —contestó Lupita.

De nuevo, se alzó la voz de la maestra:

—Hay otro tiempo del cual no habla la gramática. Es el
«siempre». Si ustedes sienten el «siempre», si tienen en el corazón el ayer, el hoy y el mañana, a la vez, yo les hablaré
SIEMPRE.

Nadie entendió qué quería decir. Pero algunos, como Nico,
lo creyeron.

Esta obra se terminó
de imprimir en
febrero de 1987
con un tiro de
1 000 ejemplares
más sobrantes para
reposición.